目次

突きの鬼一《おにいち》　雪崩《なだれ》

第一章

一

闇が陣取る廊下を歩き、百目鬼《どうめき》一郎太《いちろうた》は三和土《たたき》の雪駄《せった》を履いた。

氷のような冷たさが足裏に伝わってきて、ぶるりと身震いが出た。

その場で、二度三度と足踏みをする。心張り棒を外して三和土にそっと置き、耳を澄ませた。

豪快ないびきが遠雷の如《ごと》く響いてくる。ちょっとやそっとでは目を覚ましそうにないが、油断はできない。

いびきをかいている最中は眠りが浅いというからだ。それを一郎太は、美濃北山《みのきたやま》城の城主をしているときに御典医から聞いた。穏やかな寝息をたてているほうが、眠りはずっと深いそうである。

いびきの主は一郎太の元家臣で友垣《ともがき》の神酒藍蔵《みきらんぞう》だが、他出しようとしている一郎太に気づいた様子はない。

口を開けて眠っている藍蔵の顔が、脳裏に浮かぶ。藍蔵は赤子のような、あどけない表情をしていた。

――赤子に、いびきはそぐわぬが……。

それにしても、と一郎太は思った。

――俺の警固役を任じているのに眠りこけておるとは、いかにも藍蔵らしい。

一郎太は小さく笑いを漏らした。もっとも、今はそのほうがありがたい。

一郎太は引手に手をかけたが、すぐには戸を開けず、外の様子をじっとうかがった。戸がたわむように内側にきしんでいるのは、強い風が吹き渡っているからだ。

精神を統一して外の気配を嗅いだが、羽摺《はず》りの者がひそんでいるようには思えなかった。

羽摺りの者とは、木曽御嶽山《きそおんたけさん》の麓に根城を持つという忍びの集団だ。百目鬼家の現江戸家老で、先ごろまで国家老をつとめていた黒岩監物《くろいわけんもつ》が、一郎太の命を奪うために放ったのである。戦国の昔は甲斐国《かいのくに》の武田信玄《たけだしんげん》の下で働いていたらしいが、太平の世となったのち、いつしか黒岩家と手を結んだようなのだ。

——この根津《ねづ》の家は、とうに羽摺りの者に知られておる。

それは疑いようがない。今も監視されているかもしれない。

——いや、どうだろうか。

羽摺りの者の中で最上の手練《てだれ》である四天王とその上に立つ黄龍《こうりゅう》が、一郎太を亡き者にすべく江戸にやってきたが、一郎太は藍蔵と興梠弥佑《こうろぎやすけ》の助けを借り、五人すべてを屠《ほふ》ってみせた。

羽摺りの者でいま江戸に残っているのは、下っ端ばかりであろう。羽摺りの者は態勢をととのえるために、いったんここ根津の地を離れたのではなかろうか。

やつらは、一郎太に警固役として藍蔵と弥佑がついているのを知っている。一郎太を倒すための手立てを、新たに考えねばならないのではないか。

弥佑はもともと、藍蔵の父で前江戸家老の神酒五十八《いそや》の小姓《こしょう》をつとめていた。百目鬼家一の権勢を誇る監物によって江戸家老の任を解かれ、国家老への転任が決まった五十八が、百目鬼家の所領美濃北山に赴くに当たり、一郎太の役に立つだろうと、置いていったのである。

弥佑は女を思わせる華奢《きやしや》な体つきをしているが、練達の忍びの術を身につけている。それだけでなく、素晴らしい剣術の腕前を誇っている。羽摺り四天王の一人、朱雀《すざく》を討ち取ったほどの遣い手なのだ。

——藍蔵だけでなく、弥佑が江戸にいてくれて、俺は心強くてならぬ。……よし、誰もおらぬな。

外に羽摺りの者がいないのを確信した一郎太は、静かに戸を開けた。

強風が吹き込んできて、戸ががたつきかけた。それを予期していた一郎太は、素早く戸を押さえ込んだ。

顔を上げ、耳を傾ける。藍蔵のいびきに変わりはない。

——ふむ、気づかなんだか。音は立たなかったとはいえ、あの男は警固役としてまことにどうなのだ……。

一郎太は苦笑するしかなかった。深い闇に覆われている戸外に目をやり、こちらに眼差《まなざ》しを注いでいる者がいないか、今一度、確かめる。

——やはり誰もおらぬ。

うなずいて敷居を越えた一郎太は、静かに戸を閉めた。三和土の隅に置いてある錠を用心のためにかけたかったが、そんなことをすれば、もし火事にでもなったときに藍蔵が逃げ場を失いかねない。

もっとも、と一郎太は思った。

――火事となれば、雨戸を蹴破ってでも藍蔵は外に出るであろう……。それにしても寒いな。

師走の寒気は、ことのほか厳しい。深更の九つを回ろうかという刻限で、これから夜明けに向かって寒さはさらに増していく。

寒気に体を締めつけられて、またしても震えが出そうになった。一郎太は奥歯を噛《か》み締めてこらえた。

――早く春が来ぬものか。いや、寒さになど負けておられぬ。そのようなざまでは、羽摺りの者に打ち勝てぬ。

ぐいっと胸を張り、一郎太は愛刀の摂津守順房《せっつのかみよりふさ》を差し直して大股に歩き出した。

十間ほど進んだところで、立ち止まる。案の定というべきか、監視の目はまったく覚えなかった。

――だからといって、気を緩めるわけにはいかぬ。

緩めたそのときが命取りであろう。

懐から提灯《ちょうちん》と火打ち道具を取り出し、一郎太はかがみ込んだ。袖で風を遮りつつ、火打金に火打石をぶつける。

かちかちと音が立ち、闇の中、火花が散った。

——いくら藍蔵が鈍いとはいえ、家のすぐそばでこれだけの音が立てば、さすがに目を覚ますであろう。

抜けてはいるものの、藍蔵が遣い手であるのはまちがいないのだ。

提灯が灯《とも》り、一郎太はすっくと立ち上がった。足元が、ほんのりとした明るさに包まれている。

闇夜での戦いを想定した剣術道場で厳しい稽古を重ねた甲斐《かい》あって、一郎太は夜目が利く。そのために別段、提灯を必要とはしていないが、夜道を行く際に明かりを灯さずに行くのは、江戸では法度である。

——もっともこの刻限に、提灯を持っておらぬからといって咎《とが》める者などおらぬだろうが。

一郎太は提灯を下げて歩き出した。

——提灯のやわらかな明かりは、気持ちをほっこりと温かくしてくれるものな。

提灯の光が、人影がすっかり途絶えた道を淡く照らしていく。町家の塀や商家の軒先、道端に置かれた植木、深い闇への入口のような路地が視界の両端に浮かび上がっては消えていく。

——いずれ羽摺りの者は、襲ってくるのだろう……。

その前にやつらの根城に乗り込んで、根絶やしにしてやりたいとの気持ちが、一郎太にはある。

――いつまでも付け狙われるのは、願い下げだ。

忍びの集団と戦いはじめた以上、徹底してやらねばならぬ、と一郎太は覚悟を決めている。情けなど微塵《みじん》もいらない。忍びに情けをかければ、待っているのはおのれの死だろう。

このあいだ五十八が、羽摺り四天王と呼ばれる手練が江戸にやってくると、一郎太に知らせてきた。

なにゆえ五十八は、黄龍や羽摺り四天王が江戸に来る前にそのことを知ることができたのか。五十八の家臣が国元の北山城下にある黒岩屋敷をずっと見張り続けていたらしいのだが、他出した黒岩家の用人のあとをつけた結果、見事に羽摺りの者の根城近くまで行けたといっていた。

その家臣に話を聞ければ、御嶽山のどのあたりに羽摺りの根城があるか、はっきりするであろう。

――今頃、あの山には雪がたっぷりと降り積もっていよう……。

百目鬼家の江戸の上屋敷は市谷加賀町《いちがやかがちょう》にあり、尾張《おわり》徳川家の上屋敷と隣接している。上屋敷だけでなく、百目鬼家の所領の北山も尾張家と境を接していた。

その距離の近さもあって、国元にいる際、一郎太は尾張徳川家の居城がある名古屋を訪れたことがある。名にし負う巨大な町がどれだけ盛っているか、自分の目で確かめたかったのだ。

名古屋の繁栄ぶりは頭に描いていた以上で、江戸に匹敵するのではないかと思えるほどだった。昼夜を問わず人々は笑みを浮かべて広い通りを行き交い、豊かな暮らしを満喫しているように見えた。

庶民があれだけ楽しそうにしているのは、尾張徳川家の政《まつりごと》がうまくいっているなによりの証《あかし》であろう。見習わなければならぬ、と一郎太は強く思ったものだ。

――名古屋からは、雪をかぶった御嶽山が見えたな。

もちろん北山からも、くっきりと望める。北山から御嶽山まで、十里ほどではないだろうか。

羽摺りの根城が本当にあの山の麓にあるのなら、一郎太はすぐにでも乗り込んでいきたい。羽摺りの者を倒し尽くさなければ、安寝《やすい》できる日はやってこない。

――やつらには頭《かしら》がおろう。

監物の依頼を受け、黄龍と四天王を江戸に送り込んできたのは、羽摺りの頭領とみてまちがいない。

手練中の手練である黄龍と四天王を倒されて、頭領は一郎太の首をねじ切りたくてならないはずだ。

忍びとは、人とは思えないほど執念深い生き物だと聞く。仇《かたき》本人だけでなく、縁者までも皆殺しにしなければ気が済まないらしい。

一郎太に対し、深いうらみを抱いているはずの頭領が、今も御嶽山の根城で安閑とときを過ごしているとは思えない。とうに江戸に向かったか、すでに到着しているはずだ。

——もしそうなら、わざわざ御嶽山へ行くまでもない。羽摺りの頭を迎え撃ち、倒してしまえばよい。さすれば、あとの者などどうとでもなろう。

頭領さえあの世に送れば、事はすべて終わるはずなのだ。

——江戸家老におさまった監物をどうするかは、その後に考えればよい。

もっとも、羽摺りの頭領を倒すと一口にいっても、たやすくはない。頭領こそ、羽摺りの中で最強であろうからだ。

——黄龍はともかく、四天王には手こずらされたからな。

その四天王よりも、ずっと手強《てごわ》いはずの者が相手なのだ。だが、一郎太には一歩たりとも引くつもりはない。

——頭がいったいどれほど強いのか、お手並み拝見だ。

一郎太には、羽摺りの頭領との対戦を楽しみにするだけの余裕があった。

——頭がいくら強かろうが、最後に勝つのは俺だ。

ただし、滝止《たきどめ》に代わる秘剣を編み出さねばならぬ、とは考えている。滝止だけでは羽摺りの頭領と戦うのに心許《こころもと》ないというのではなく、人とは常に探究の思いを持ち続けていないと、成長がないと思っているからだ。

——階《きざはし》を一段一段上がっていくように、俺自身、成長しなければならぬ。

その気持ちをずっと失わずにおれば、と一郎太は思った。

——必ず新たな秘剣を我が物にできよう。

うなるように吹きつけてくる風を物ともせず、一郎太は胸を張って歩き続けた。

二

上富坂町《かみとみざかまち》に入った。

それから五間も行かないところで、背筋に寒けが走った。同時に、鼻先を鉄気《かなけ》くささがかすめていった。

——なんだ。

足を止め、一郎太は眉根を寄せた。

——紛れもなく血のにおいだが……。

再び一陣の風が吹き渡った。風はすぐにおさまったが、一郎太はまたしても血のにおいを嗅いだ。

——どこだ。どこからにおっている。

これだけ血のにおいがしている以上、この近辺でなにかあったのは疑いようがない。

——人が殺されたとしか思えぬ。

提灯を掲げ、一郎太はあたりに光が行き渡るようにした。しかし、路上に倒れている人などどこにもいなかった。

相変わらず道には人影がなく、厚みを増した闇が満ちているだけだ。

——提灯を消してみるか。

そのほうが、気持ちを集中できそうな気がした。

提灯を吹き消すと、一瞬にして深い闇に包み込まれた。一郎太は提灯を折りたたみ、懐にしまった。

あたりに漂う鉄気くささは、風に飛ばされることなく徐々に濃くなってきているようだ。一郎太は鋭く目を走らせた。

道の両側は商家が建ち並んでいる。それらの建物の屋根には、さまざまな看板や扁《へん》額《がく》が掲げられていた。

——そこか。

一郎太の瞳は、三間ほど先の左手にある平屋の建物に引きつけられた。鉄鎖で軒下に吊《つ》り下げられた看板が、風に揺れている。

墨書されているせいで読みづらかったが、分銅形をした看板には『両替』と記されていた。建物の屋根に置かれた扁額には、澤野屋《さわのや》とあった。

――澤野屋という両替商から、血のにおいがしてきているようだが……。うむ、まちがいあるまい。

澤野屋の中で、なにが起きているのか。押し込みか。

――もしや、この店の者が押し込みに皆殺しにされたのか……。

この濃い血のにおいは、そういうことなのか。最悪の光景が一郎太の脳裏をよぎる。

今も押し込みは、澤野屋にいるのだろうか。

――まだいるのなら、俺が成敗してくれる。

澤野屋の者も、全員は殺されていないかもしれない。一刻も早く救い出さなければならなかった。

ただし、一郎太に澤野屋へ闇雲に踏み込むつもりはない。まずは、中の様子を知る必要があった。

いきなり踏み込んだりしたら、泡を食った押し込みが店の者になにをするか知れたものではない。

寒風に吹かれながら一郎太は、身じろぎ一つせずに澤野屋を見据えた。

中で動いている者が確かにいるのが、気配から知れた。

――五人というところか……。

その五つの気配はいかにも荒々しく、気の高ぶりを感じさせた。他にも何人か人の気配を覚えたが、いずれも弱々しかった。こちらは店の者であろう。

――恐怖におびえているようだが、店の者は皆殺しにされておらぬ……。

そのことに一郎太は安堵《あんど》を覚えた。

――押し込みどもは店の者を何人か、血祭りに上げたのかもしれぬ……。

これ以上犠牲を増やしたくなければいうことを聞け、と澤野屋の主人を脅して金蔵を開けさせたのではないだろうか。

――よし、だいたいわかった。行くぞ。

自らに気合を入れた一郎太は摂津守順房の鯉口《こいぐち》を切り、澤野屋のくぐり戸の前に立った。

くぐり戸が、わずかに開いているのに気づいた。

――賊どもは、ここから入ったのか……。

戸を閉めたつもりが、完全には閉まっていなかったということか。くぐり戸の隙間から、濃い血のにおいが外に流れ出ていた。

くぐり戸を押すと、わずかなきしみ音とともに開いた。一郎太は、すかさずくぐり戸をつかんだ。

風に押されて、もし戸がばたんと音を立てたりしたら、誰かがやってきたと押し込みどもは必ず覚《さと》るであろう。

くぐり戸の先は、暗さに満ちた土間になっていた。血のにおいが強まっている。

土間に人の気配はない。一郎太はくぐり戸に身を沈めた。

土間に立ち、後ろ手にくぐり戸を閉める。ひときわ濃くなった血のにおいに、噎《む》せそうになったが、なんとかこらえた。

土間に人が倒れていた。一郎太は身をかがめ、目を凝らした。

うつ伏せに倒れているのは男で、歳《とし》の頃は三十代半ばか。手代《てだい》かもしれない。掻巻《かいまき》を着ていた。

——もはや息はないようだが……。

手を伸ばし、一郎太は男の体に触れた。体は温かみを残していたが、案の定、男は絶命していた。

倒れている男は顔を横に向け、無念そうに目を開いていた。掻巻は、ぐっしょりと血で濡《ぬ》れていた。

掻巻に吸収しきれなかった血が、体の横に血だまりをつくっている。刃物で胸を一突きにされたようだ。

手燭《てしょく》が、かたわらに転がっていた。ろうそくは踏みにじられでもしたらしく、潰れていた。この手燭は、殺された男が持ってきたものであろう。

――かわいそうに。

一郎太は、ため息をつきそうになった。

――この若さで、死にたくはなかったであろうな……。

唇を嚙み締めて、一郎太は立ち上がった。体がまだ温かかったことから、この手代とおぼしき男が殺されて、さして時がたっていないのは明らかだった。

この深夜に訪れた者を迎えに出て、この場で殺されたということか。

――こんな刻限にやってきた者が、客であるはずがない。この手代は、押し込みの手引きをしたのかもしれぬ。

その手の者が店の中にいなければ、押し込みが両替商に入り込むなど、まず無理ではないか。

押し込みを引き入れた途端、用済みとばかりにこの男は殺されてしまったのではないだろうか。

どんなわけがあったか知らぬが、と一郎太は思った。こうして非業の死を遂げることになったのは、自業自得というべきかもしれない。

――むろん、この男が手引きしたと決めつけるわけにはいかぬが……。

亡骸《なきがら》の両目をそっと閉じ、合掌してから一郎太は土間を横切った。目の前に、十畳ほどの店座敷《たなざしき》が広がっている。

店座敷は、土間から五尺ほどの高さにしつらえられていた。これだけの高さにつくられているのは、店に入ってきた賊にいきなり上がり込まれないようにするための工夫だと、聞いたことがある。

不意に、奥のほうから鉄がこすれ合うような音が響いてきた。押し殺した声と含み笑いも聞こえた。

どうやら、と一郎太は耳を澄ませて思った。押し込みたちが、してやったりと金を金箱に入れているようだ。

——いま退治してやるゆえ、待っておれ。

雪駄のまま、一郎太は店座敷に上がった。店座敷には帳場格子《ちょうばごうし》があり、その内側に二つの文机《ふづくえ》が置かれていた。その上に分銅秤《ふんどうばかり》がのっていた。

奥の壁に沿って、がっしりとした幅広の簞笥《たんす》が鎮座していた。簞笥には、商売に関わるさまざまな書類がしまわれているのだろう。

一郎太の目は、帳場の横にかかっている内暖簾《うちのれん》を捉えた。音を立てずに店座敷を進み、頭を下げて内暖簾をくぐる。

奥につながる板敷きの廊下はひどく冷たく、雪駄を履いているにもかかわらず、足の裏が痛いほどになった。だが、今はそのようなことを気にしている場合ではない。

床板をきしませないよう気を配り、一郎太は奥に向かった。

内暖簾から四間ほど行ったところで、血のにおいが強まった。

においの元を探すまでもなかった。搔巻を着た男が廊下に倒れていた。歳は四十過ぎであろう。

この者は番頭《ばんとう》ではないか、と一郎太は思った。先ほどの男と同様、刃物で胸を一突きにされたようだ。

仰向けに倒れ、目を閉じている。傷口から流れ出たおびただしい血が、廊下を暗い色に染めていた。

男の亡骸をまたがないよう気を配り、一郎太はさらに一間ばかり進んだ。

右手の腰高障子《こしだかしょうじ》が、少し開いているのに気づいた。そこから、人の気配が濃厚に漂い出ている。荒々しい気配も弱々しい気配も、一緒になっていた。

押し込みはその部屋におり、店の者もすべてそこに集められているようだ。

音もなく足を進めた一郎太は、開いている腰高障子のそばに立った。首を伸ばし、部屋をのぞき込む。

八畳間らしい部屋に、行灯《あんどん》が一つ灯っていた。その淡い光に照らされて、ほっかむりをした男が、抜き身の匕首《あいくち》を手に部屋の中を行ったり来たりしていた。

——顔を隠しておるのか。ならば、店の者をこれ以上、殺《あや》める気はないのかもしれぬ。

男の前に、畳に力なく座っている十人ばかりの男女がいた。身を寄せ合うように全員がかたまっていた。

幼い子も三人いた。男の子が二人と女の子が一人である。三人とも不安そうにうつむいていた。体に触れれば、震えが伝わってきそうな雰囲気を漂わせている。

——かわいそうに。さぞ怖かろう。

いま助けてやるからな、と一郎太は心で三人の子供に語りかけた。

店の者たちを守るように、いちばん前に座している年老いた男が、澤野屋のあるじのようだ。顔を昂然《こうぜん》と上げ、両眼を悔しそうに光らせて、目の前を落ち着きなく歩いている男をにらみつけていた。

あるじを含め、店の者は猿ぐつわや縛《いまし》めはされていなかった。眼前で番頭を無慈悲に殺され、誰もが恐怖にがんじがらめにされているにちがいない。

——ああして身動きができずにいるのも、致し方あるまい。近しい者が殺されれば、身がすくんでしまうのは当然であろう。

恐怖で抑え込んでしまえば人というのはなにもできないということを、賊どもは知っているのだろう。

八畳間には続きの間があった。奥の六畳間にも行灯が灯されており、あぐらをかいた四人の男が車座になっていた。この四人も、ほっかむりをしていた。

ほっかむりに隠されて顔はろくに見えないが、にやついているのは明らかだ。四人の男は小判や一分金、二分金を金箱に嬉々《きき》として入れていた。一朱銀や二朱銀などは、別の金箱にしまい込んでいた。

——あれだけの金を手にしたというのに、さっさと逃げ出そうとしておらぬのか。むしろ、ずいぶんのんびりしたものだ……。場慣れしておるのだな。

最近、江戸を騒がしている押し込みがいるとは聞いていないが、もしかすると、最近、上方から流れてきた者たちかもしれない。

奥の間にいる男が、つと立ち上がった。小柄な男で、動きは俊敏そうだ。敷居を越えて、店の者の見張りをしている男に近づき、なにやら耳打ちをした。小柄な男の下卑《げび》た目は、一人の若い女に向けられている。

——手込めにしようという魂胆か。そのような真似《まね》は決して許さぬ。

ひそやかに息を入れた一郎太はためらうことなく敷居を越え、一気に部屋へと躍り込んだ。そのときには、摂津守順房を抜き放っていた。

抜き身を手にしてあらわれた一郎太を目の当たりにして、あっ、と二人の男が同時に叫んだ。

小柄な男を間合に入れるや、一郎太は左膝を畳につかんばかりに姿勢を低くし、摂津守順房を横に払った。男の命を奪う気はなかった。しかし、男を峰打ちにする気も端《はな》からなかった。

摂津守順房は、男の右の太ももを容赦なく斬り裂いた。ぎゃっ、と悲鳴を発し、男が音を立てて横転した。

太ももから、一筋の血が勢いよく噴き上がる。痛えよう、と男は大声を上げて畳の上を転げ回りはじめた。

右の太ももは切断されてはいないものの、かなりの深手であるのはまちがいない。畳をのたうち回る男から、ほっかむりが取れた。ひどくすさんだ顔つきをしていた。

太ももから流れ出した血で、男の着物が赤く染まり出していた。畳には、いくつもの血の筋ができている。

もう一人の男が驚きから立ち直る前に、一郎太は摂津守順房を袈裟《けさ》懸《が》けに小さく振り下ろしていった。

我に返ったらしい男はあわててよけようとしたが、一郎太の斬撃のほうが速かった。ずんっ、と鈍い音が一郎太の耳を打った。摂津守順房が男の左肩の骨を断ったのだ。

うげっ、と情けない声を出した男は匕首を放り出し、畳にどうと倒れ込んだ。左肩を右手で押さえて、ううぅ、とうめき声を漏らし、もだえ苦しんでいる。

店の者たちが、目を丸くして一郎太を見上げている。どの顔にも、喜びの色があらわれていた。

二人の男の子が、きらきらとした目で一郎太を見つめていた。一郎太は、二人の男の子に笑いかけた。二人とも、ぎごちない笑みを返してきた。

「早く廊下に出るのだ」

奥の間で金を金箱にしまい入れていた三人に眼差しを向けるや、一郎太は澤野屋のあるじに命じた。

奥の間の三人が変事に気づいた。畳を蹴るようにして、まず二人の男が勢いよく立ち上がった。

「なんだ、てめえは」

「どこから来やがった」

叫んで、二人の男が一郎太をねめつけてくる。一人は胸板が厚く、ずんぐりしていた。もう一人は肩幅があり、がっちりとした体つきである。

二人は懐から、さっと匕首を取り出した。抜くやいなや、鞘《さや》を左の袂《たもと》に落とし込んだ。

まだ座しているもう一人の男は、うろたえるような様子をまるで見せなかった。畳に置いてある刀をつかみ、ゆっくりと腰を上げた。すらりとした長身で、着流し姿だった。

——俺と同じ浪人らしい……。

浪人とおぼしき男は一郎太に目を据えつつ、刀を腰に差し込んだ。ゆったりと落ち着いた物腰である。

——これまで何度も修羅場をくぐってきたようだ……。

なかなかの遣い手であるのは、まちがいなかった。

——この浪人が頭か。これだけの腕の持ち主が、なにゆえ押し込みになり下がったのか。

八畳間から逃げ出そうとしている店の者をかばうように、一郎太は三人の賊の前に立ちはだかった。店の者たちは、あっという間に八畳間から消えた。

一郎太に斬られた二人の男は力尽きたのか、畳の上で横になっていた。苦しげなうめき声とせわしない吐息だけが、一郎太の耳に届いている。

「死ねっ」

怒号し、匕首を腰だめにして、ずんぐりとした男が敷居を越えて突っ込んできた。

愚かな、と心でつぶやいて一郎太は刀を下段から一閃《いっせん》させた。

次の瞬間、男の着物が左右にはだけ、ほっかむりがはらりと畳に落ちた。男の顎に一条の筋が縦にできている。それが、ぷっくりと赤くふくらんだ。

一郎太が下段から振り上げた斬撃は男の着物と帯を斬り、さらに男の顎を割ったのだ。

あぁっ、と狼狽《ろうばい》の声を発し、男が顎をあわてて押さえた。指のあいだから血があふれ、したたり落ちていく。匕首が、畳に転がった。

恐怖の目で男が一郎太を見、じりじりと後ずさった。敷居で足が引っかかり、尻餅をついた。その弾みで、背中から仰向けに倒れた。そのまま気を失ったのか、ぴくりとも動かなくなった。

「てめえっ」

肩幅のある男が唾を飛ばして怒鳴り、気を失った男を飛び越えて突進してきた。右手に匕首を握っている。

——匕首と刀とでは、あまりに間合がちがいすぎるぞ。

仮に腕が互角でも、匕首を得物としていては、刀に対して勝ち目はまったくない。

「よせっ」

頭領らしい浪人が鋭く制したが、三人の仲間を倒されて頭に血が上っている男の耳に、その声は届かなかったようだ。足は止まらなかった。

——好餌《こうじ》としかいいようがない。

あっさりと間合に入ってきた男に、一郎太は刀を袈裟懸けに振り下ろしていった。

それに気づいた男は、匕首を頭上にかざして一郎太の斬撃を受け止めようとした。構わず一郎太は、摂津守順房を匕首にぶつけていった。がきん、と音が立ち、摂津守順房が匕首にまともに当たった。

一郎太の斬撃に押された匕首の峰が、ごき、という音とともに男の額にめり込んだ。ぐあぁっ、と苦しげな声を発して男がのけぞった。体勢を立て直そうとしたのか、両手をばたばたさせたが、支えきれずに背中から畳に倒れ込んだ。

仰向けになった男は死にかけの蟬《せみ》のように手足をなおもばたつかせていたが、結局、匕首を額にめり込ませたまま動かなくなった。

——死んではおるまい。

男から目を外し、一郎太は押し込みの頭領に顔を向けた。

これだから破落戸《ごろつき》どもは、とでもいうように首を振って、頭領が前に出てきた。一間ほどを空けて足を止め、一郎太にじっと眼差しを注ぐ。配下をすべて倒された今も、冷静さを失っていないように見えた。

「きさま、何者だ」

頭領がやや甲高い声で一郎太に質《ただ》し、ほっかむりを忌々《いまいま》しげに畳に投げ捨てた。

頭領は三十歳くらいか、意外なほど端整な顔をしていた。これなら女に相当騒がれそうではないか、と一郎太は思った。目は涼やかで、一見したところ、優しげな男に感じる。

——しかし、こうしてあっさりと顔をさらすとは、よほどおのれの腕前に自信があるとみえる。上には上がいることを教えてやらなければな。

頭領に向かって、一郎太は微笑してみせた。

「俺は、常に正義を貫かんとしている男だ」

胸を張って一郎太は告げた。その言葉を聞いて、頭領が表情をゆがませた。

「正義か。つまらぬ」

言葉を吐き捨てるようにいった。その途端、頭領は酷薄そうな顔つきに変わった。

虫でも踏みつぶすように人を殺しそうな男だ、と一郎太は思った。

「正義などこの世にないことを、きさまに思い知らせてくれる」

吼《ほ》えるように頭領がいった。一郎太は頭領を見返した。

「悪事をはたらくような者に将来《さき》がないことを、おぬしに知らしめてくれよう」

ふん、と頭領が鼻で笑った。

「たわけたことを。俺に勝てると思うておるのか」

「勝てるさ。俺は、このようなところで死ぬようにできておらぬ」

「ほざくなっ」

いうや頭領が、すすすと摺り足で一郎太に近づいてきた。三尺ほどに間合が詰まったところで左膝を畳にぴたりとつけ、むん、と気合を発した。

同時に抜刀し、一郎太の胴に斬りつけてくる。目にもとまらぬ早業である。

――ほう、居合か。

一郎太には余裕があり、頭領の刀はよく見えていた。摂津守順房を上から振り、頭領の斬撃をびしりと打ち返した。

一郎太の腕に、強い衝撃が伝わってきた。だが一郎太の体は大木の幹と化したように、微動だにしなかった。

すぐに頭領が刀を引き、鞘におさめる。左膝を畳につけたまま、一郎太を見つめてきた。思った以上にやる、といいたげな顔つきだ。

――ほかの者にはおぬしの刀は見えぬかもしれぬが、残念ながらその程度の腕では俺には通用せぬ。

頭領が次はどんな技を繰り出してくるのか、一郎太には楽しみですらあった。

えいっ、と再び頭領が刀を抜き、またしても胴に払ってきた。

――なんだ、同じか。芸のない男だ。

頭領の斬撃をよけず、一郎太は逆に踏み込んだ。摂津守順房を上段から落としていく。斬撃の速さで、頭領にまさるつもりでいた。

実際に一郎太の斬撃のほうが速く、それに気づいた頭領があわてて刀を引き戻し、両腕を掲げた。刀の腹で、摂津守順房を受けようというのだ。

がきん、と鉄のぶつかり合う音がまたしても立ち、一郎太の腕にしびれが走った。

だが、頭領のほうが衝撃は遥《はる》かに強かったようだ。腰が砕け、体勢が崩れた。後ろに転げそうになり、あっ、という顔をした。

——頃おいだ。

すかさず一郎太は足を踏み出し、頭領に突きを見舞った。滝止ではなく、ただの突きである。

遣い手ではあるが、頭領の腕では滝止を用いるまでもなかった。狙いは頭領の右肩だ。

しかし、一郎太の突きは空を突いた。決して油断はしていなかったが、畳に流れる血に足を滑らせたのである。

右膝が割れ、体がわずかにねじれた。むっ、と一郎太は声を発した。刀尖《とうせん》は、頭領の左耳をかすめるように通り過ぎていった。

頭領が右横に手を伸ばして飛び、畳を転がった。ごろりと一回転してすぐさま立ち上がり、刀を正眼に構える。

今度は鞘に納刀しなかった。居合は一郎太には通じないと覚ったようだ。

一郎太も、そのときには体勢をととのえていた。しくじったな、と顔をしかめた。

畳を汚している血に、思いが及ばなかった。

――相手がもし羽摺りの頭だったら、今頃、俺は死んでいた……。

そのことが情けなく、一郎太は首を振った。

――だが、今なにか秘剣につながる光が見えたような……。

なにがそう思わせたのか。下を向き、一郎太は考え込んだ。

――体がねじれ、刀をひねる形になったからではないか……。

そうにちがいあるまい、と一郎太は思った。そんな一郎太に隙ができたとみたらしく、きえー、と百舌《もず》のような声を張り上げて、頭領が斬りかかってきた。

面を上げた一郎太は頭領の斬撃を、摂津守順房でがっちりと受け止めた。すぐに鍔《つば》迫《ぜ》り合いになった。憎しみに満ちた目をした頭領の顔が、間近にある。

「きさま、何者だ」

一郎太を押し倒してやろうと全身に力を込め、赤黒い顔をした頭領が質してくる。

いくら押されようとも一郎太はまったく動かず、頭領を冷ややかに見ていた。

「先ほどいったであろう」

一郎太は穏やかな声音で告げた。

「常に正義を貫く者か……。きさま、名はなんというのだ」

「いったところで、おぬしは知らぬ」

くっ、と頭領が唇を噛む。

「きさま、どこから入ってきた」

すぐに思いついたようにきいてきたが、一郎太を押す力が弱まってきていた。

――もう力が尽きつつあるのか……。

「表の戸だ。開いていた」

「なに」

それは思いもしなかったようで、頭領が目を剝《む》いた。

「しっかりさるをかけておけといったのに」

頭領は悔いている表情だ。体から、さらに力が抜けていっている。それを一郎太は、はっきりと感じた。

「命じたからといって、配下の様子を最後まで見ておかなかったのは、おぬしのしくじりだ。――土間で死んでいたのは内通者か」

「そうだ」

悔しげに頭領が答えた。

「なにゆえ殺した」

「用済みの男を生かしておいても仕方あるまい」

「無慈悲な真似を……」

「きさまも殺してやる」

ふふ、と一郎太は笑みをこぼした。

「それが無理な注文だと、おぬしはもうわかっておろう。あまりに腕がちがいすぎる」

「腕のちがいなど関係ない。俺は必ずきさまを殺す。殺してやる。——えいっ」

最後の力を振りしぼったらしく、頭領が思い切り押してきた。しかし一郎太は動かず、平然としていた。逆に、ぐいっと頭領を押し返した。

それだけで、頭領が後ろに跳ね飛び、うわっ、と驚きの声を発した。後ろの壁に背中が当たりそうになる寸前で、なんとか持ちこたえた。

その瞬間を逃さずに一郎太は突進し、体をねじり気味に突きを繰り出した。

——よし、仕留めた。

今度は過《あやま》たず、頭領の左肩に刀尖《とうせん》が入っていった。ぐっ、とくぐもったような声を上げ、一瞬にして頭領の体が硬直する。むう、とうなり、目を怒らしてにらみつけてきたが、一郎太にはなんの威嚇にもならなかった。

一郎太が摂津守順房を引き抜くと、傷口から一気に血が噴き出し、頭領の着物をあっという間に濡らしていった。

うう、とうめき、痛みに耐えかねたような顔で頭領は、どすん、と尻から畳に落ちた。疲れたように壁に背中を預け、そばに立つ一郎太をじっと見上げる。

「きさま、何者だ」

かすれ声で再び頭領がきいてきた。

「おぬしこそ何者だ」

頭領を見下ろして、一郎太はたずねた。血振りをして一郎太は摂津守順房を鞘に納めた。

「おぬし、元はれっきとした武家だったのではないのか」

そうだ、と頭領は認めた。

「勘定方にいた」

「いかにも堅そうな役目ではないか。なにゆえ押し込みになった」

「きさま、そのようなことを知りたいのか」

「ああ、知りたい」

肩の傷口を手で押さえて、しばらく頭領は一郎太を見つめていた。瞳の光が徐々に和らいできた。

「ならば、話してやろう」

息をついて頭領がうなずいた。

「勘定方で悪事が行われていた。主家と取引のある商家から、勘定方の主立った者に金が流れていたのだ。その金は勘定方の者たちが私《わたくし》してよいものではなく、本来は主家の金蔵に入るべき金だった。俺が何度やめるようにいっても上役たちは聞く耳を持たず、業を煮やした俺はある日、目付に訴え出た」

この男は嘘《うそ》はいっておらぬ、と頭領の目を見て一郎太は思った。

——真実を告げておる。

「それで」

頭領を凝視して、一郎太は先を促した。頭領が唇を湿した。

「ところが、いつの間にやら俺が商家から莫大《ばくだい》な金を受け取っていたことにされたのだ。俺は罠《わな》にはめられた。目付も勘定方の一味だったのだ。俺は、屋敷に捕らえに来た目付どもを斬り、さらに勘定方の上役たちの屋敷を訪れては次々に殺していった。その上で国元を逐電した」

そのようなことがあったのか、と一郎太は驚いた。

——振りかかる火の粉を払ったか、どこか俺と似ておるな。しかし、だからといって、この男を許すわけにはいかぬ。なんの罪もない番頭を殺しておるからな。

「そういう事情があったか。なにゆえ押し込みになったのだ」

「江戸に来てまだ半年もたたぬが、賭場に行ったりしているうちに悪い連中と知り合った。誰もが金に窮しており、押し込みをやろうということになった。その中で最も腕が立つ俺が頭に祭り上げられた」

「今宵《こよい》が初めての仕事か」

「そうだ。そして、最後の仕事にするつもりだった」

「金を手にしたのに、なにゆえすぐに逃げなかった」

「普段、目にせぬ大金を目の当たりにして、舞い上がっていたのだろう。すぐにこの店を出ておれば、きさまに会わずに済んだのか」

それはあるまい、と一郎太は思った。

——俺はこの男と戦うべくして戦ったような気がする。

きさま、と頭領が呼びかけてきた。

「今の話を信ずるか」

「ああ、信ずる」

「そうか」

疲れたように頭領がいった。

——この店の者は、すでに番所に使いを走らせたであろう。じき、番所の者がやってくるにちがいない。俺も引き上げねばならぬ。いろいろ事情をきかれるのは面倒だ。

それにしても、新たな秘剣の手がかりがつかめたのはよかった……。

顔をわずかに動かし、一郎太は改めて頭領を見やった。

――この男と今宵、戦うことになったのは、決して偶然ではあるまい。俺が秘剣を会得するために戦ったのだ。

「かたじけなかった」

一郎太は、頭領に向かって軽く頭を下げた。むっ、という顔をし、頭領が尖《とが》った目でにらみつけてくる。

「なにゆえ礼をいう」

「今宵、よい経験ができたからだ」

「俺と戦ったのが、よい経験だったとでもいうのか」

「まあ、そうだ」

「俺はきさまの相手にならなかったが、それでもよい経験だったといえるのか」

「その通りだ」

一郎太たちの会話が漏れ聞こえたのか、澤野屋のあるじとおぼしき男が遠慮がちに顔をのぞかせた。

それに気づいた一郎太は、にこりと笑ってみせた。あるじが一郎太の笑顔を目にして、顔を輝かせる。

「ご無事でございましたか」

うむ、と一郎太は顎を引いた。

「おぬし、この店の主人だな」

「はい。澤野屋のあるじ惣助《そうすけ》と申します」

「惣助、番所には届け出たか」

「はっ、先ほど使いを走らせました」

「それは重畳《ちようじよう》。ほかに怪我人《けがにん》は出ておらぬか」

「はっ、おかげさまでおりません。二人の奉公人を殺されましたが、怪我人は出ておりません」

うむ、と一郎太はうなずいた。

――不幸中の幸いであろう。

「惣助、縄はあるか。番所の者が来る前にこやつらに縛めをしておきたい」

一郎太は部屋の中を見回した。八畳間に頭領を含めて四人、奥の間に一人、押し込みどもがいる。頭領以外は畳に横になっていた。

「承知いたしました。いま持ってまいります」

いったん部屋から姿を消した惣助が、すぐに戻ってきた。

「こちらでよろしゅうございますか」

縄を少し持ち上げて、惣助が一郎太にきいてきた。

「それでよい」

一郎太は刀を抜き、縄を適当な長さに切っていった。それで押し込みたちに、がっちりと縛めをした。深手の者もいたが、五人全員が生きていた。

——これでよし。出るとするか。

「惣助、俺はこれで失礼する」

口元に笑みをたたえて、一郎太は惣助に告げた。

「あの、お名を教えていただけませんか。助けていただいたお礼もしたいので」

いかにも商人らしく、揉《も》み手をして惣助が申し出た。

「礼などいらぬ」

「いえ、そういうわけにはまいりません」

惣助がすがるような顔になった。むげにするのも悪いような気がした。

「では、名だけ伝えておくが、まことに礼などいらぬぞ。俺は月野鬼一《つきのおにいち》という」

「月野さま……」

心で嚙み締めているかのような表情で、惣助がつぶやいた。

「あの、どちらにお住まいですか」

「それもよかろう」

「いえ、しかし」

「まことによいのだ。では、これでな」

惣助に向かって一郎太は軽く会釈し、部屋を出た。店の者たちは引っ込んでいるのか、どこにも姿はなかった。

部屋の行灯を持って、惣助が一郎太のあとをついてくる。

内暖簾をくぐり、店座敷を横切って一郎太は土間に飛び降りた。土間にあった手代とおぼしき亡骸は片づけられていた。

惣助が、沓脱石《くつぬぎいし》に置かれていた草履《ぞうり》を履いて土間に降りてきた。

「雪駄も脱がずに済まなんだな」

一郎太は土足で中に上がったことを詫《わ》びた。

「いえ、押し込みどもも土足でしたので」

土間を進み、一郎太はくぐり戸を開けた。途端に寒風が吹き込んでくる。

さすがに外は寒いな、と一郎太は身を震わせた。それでもすぐに外に出た。惣助も出てきた。

「惣助、火を貸してくれ」

一郎太は懐から提灯を取り出した。

「お安い御用でございます」

行灯からろうそくを外し、風で火が消えないように注意しながら、惣助が一郎太の提灯に明かりを灯した。

あたりがふわりと明るくなった。町奉行所の者が来るような気配は、まだ感じられない。

「かたじけない」

惣助に礼をいい、一郎太は提灯をかざして道を歩きはじめた。

「ありがとうございました」

やや声を高くした惣助が一郎太に向かって辞儀をしているのが、振り返らずとも知れた。一郎太は右手を挙げて、それに応えた。

三

相変わらず強い風が道沿いの梢《こずえ》をしきりに騒がせているだけで、ほかに物音はほとんどしない。

——しかし、驚いたな。まさか押し込みどもに出会うとは。

体をねじっての突き。これが新たな秘剣の手がかりになるのはまちがいないという確信が一郎太にはある。

——どう工夫すればよいのか。

歩きつつ一郎太は考えはじめた。すぐには思いつかなかった。だが、一郎太はあきらめることなく思案を続けた。

心を研ぎ澄ませるようにひたすら歩いていると、ひたひたという自分の足音だけが耳に届く。

誰もが眠りについている最中、こうして一人で歩いていると、俺はいったいなにをしているのだろう、という気分になる。

――なにか、人として愚かしい真似をしているような……。

人とは、夜は眠りに就くようにできております。これも以前、御典医がいっていた。だが今夜、一郎太は静《しずか》に会わなければならなかった。愛する妻は、百目鬼家の上屋敷にいる。今頃、寝所でぐっすり寝ていよう。

――いや、勘のよい静のことだ。

今夜、一郎太が忍んでくるとわかっていたとしても不思議はない。起きて待っているかもしれない。

――静は、俺の顔を見たらさぞ喜んでくれよう。

それだけは確かである。一郎太は、妻の愛くるしい笑顔を、一刻も早く目の当たりにしたかった。

――押し込みのせいでだいぶ遅れたが、まだ十分に間に合おう。

頰が緩むと同時に足が速まった。

だが、その気分に水を差すように、いかつい藍蔵の顔が脳裏に浮かんできた。

藍蔵は、怒った顔でこちらを見ている。

──あやつめ、俺の他出を知ったのかもしれぬ。

住処《すみか》のある根津の方角に、一郎太はちらりと目を投げた。

──なにゆえ藍蔵は気づいたのか。厠《かわや》に立ったのか……。

その際、一郎太が賭場に出かけずにおとなしく眠っているか、障子を開けて寝所をのぞいてみたのではあるまいか。

今頃藍蔵は、鬼一どのはいったいなにをしていらっしゃるのだ、と怒り心頭に発しているにちがいない。

──藍蔵は、俺が賭場へ行ったのだと考えているであろう。

近々静に会いに行くつもりでいると、一郎太は藍蔵に伝えていなかった。

──前もって、告げておけばよかったか。とにかく、今夜はどうしても静のもとに行かねばならぬ。藍蔵、許せ。

足早に歩きつつ、一郎太は心で謝った。

──藍蔵と一緒に、上屋敷に忍び込むわけにはいかぬ。なにしろ、あの男はがさつだからな。

あの男は必ず屋敷の者に気づかれるような真似をしでかすに決まっているのである。

――この寒い中、上屋敷の外で待たせておくわけにもいかぬし……。あとでわけを話せば、きっと怒りもおさまろう。

もともと藍蔵は気のよい男である。水に流してくれる、と一郎太は楽観している。

一郎太の道行きを阻むかのように、ひときわ強い風が吹きつけてきた。鳥の群れが飛び立つような勢いで土埃《つちぼこり》が舞い上がる。一郎太は歩みを止め、面を伏せた。

強風に煽《あお》られて提灯が大きく揺れ動き、光をあたりにまき散らす。家々の戸や雨戸が、がたぴしと大きく鳴った。木々の幹が激しくきしむ。

――相変わらず、この時季の風はすさまじいな。夜が更けるにつれて、さらに強まってきたようだ……。

もっとも、と一郎太は路上で立ち止まったまま思った。風が強いのは、国元の北山も同じだ。

北山の風は江戸よりずっと乾いており、そのおかげもあって、名物の寒天づくりが盛んになった。寒天をつくるのに、北山の乾いた風は最適だったのである。

百目鬼家には伊豆国《いずのくに》に飛び地領がある。諏久宇《すくう》という地で、海に面しているために米は二十石ほどの収量でしかないが、寒天の原料となる天草《てんぐさ》がよく採れる。

百目鬼家は領内の百姓たちに命じ、諏久宇から北山に運んだ天草を使って、寒天づくりを行わせているのだ。現金が手に入るがゆえに、農閑期の百姓たちにとって、ありがたい仕事だった。

北山の寒天づくりは、一郎太の父の内匠頭斉継《たくみのかみなりつぐ》がはじめた事業である。それを一郎太も受け継いだ。

北山の寒天は質のよいことで知られ、江戸では引く手あまただ。すでに大きな収益となって、百目鬼家の台所を支えている。北山の表高は三万石だが、実収入は十万石あった。今の百目鬼家の財政は、寒天の収益なしではすでに立ち行かなくなっている。

そういえば、と一郎太は思い出した。

――寒天で得た金がどういう流れになっているか、きっちり調べようとしたが、それも半端で終わってしまったな……。

それについては、やり残したという思いが強く、一郎太には悔いがある。

――いや、きっと重二郎《しげじろう》がうまくやってくれよう。

重二郎は一郎太の実弟で、母の桜香院《おうこういん》の寵《ちょう》を一身に集めている。国元を出奔した一郎太の代理として、今は仮の北山城主をつとめている。

――重二郎はしっかり者だ。必ず金の流れをはっきりさせてくれよう。

だがそれも、と一郎太は思った。諏久宇が百目鬼家の領地としてあり続けられれば、という話である。

百目鬼家にとって命綱ともいえるその諏久宇の地が、いま危ういかもしれない。どうやら公儀《こうぎ》が、百目鬼家から取り上げようという動きがあるらしいのだ。

一郎太としては、諏久宇の一件が公儀内でどういう話になっているか、殿さまの座を離れた今も知りたくてならない。

それには、静はありがたい存在だ。なんといっても、現将軍の娘である。一郎太では知り得ない話を、耳にできるはずなのだ。

――百目鬼家の家中のためにも、民のためにも、諏久宇の地はなんとしても守らねばならぬ。

寒天による収入があるからこそ、北山城主だったときに一郎太は、年貢半減令を発することができたのだ。六公四民だった年貢を、三公七民まで軽くしたのである。

しかしながら、庶民のためによかれと思って行ったその施策は家臣たちの反発を買い、百目鬼家の家中を真っ二つに割るほどになった。一郎太を亡き者にせねば百目鬼家は滅びる、とまで監物は思い定めたようなのだ。

一郎太は、監物の命を受けて襲ってきた三十人近い家臣と戦い、何人もの命を奪って、かろうじて死地を脱した。

その際、長く近侍《きんじ》していた伊吹進兵衛《いぶきしんべえ》を斬り殺し、その父で城代家老《じょうだいがろう》だった勘助《かんすけ》を切腹に追い込んだ。

そんなこともあって大名家の当主の座に嫌気が差し、後事を重二郎に託して一郎太は北山を飛び出した。そうして、部屋住みだった頃から慣れ親しんだ江戸に、やってきたのである。

——あれだけ大勢の者を斬り、その上、羽摺り四天王や黄龍もあの世に送った。俺の体は血まみれも同然であろう……。

その噎せんばかりの血のにおいは、今も消えていないのではあるまいか。

腐臭のように、血のにおいは一郎太の体を包み込んでいるに相違なかった。

すさまじかった風がようやくおさまり、すべての音が消え去った。

静寂という名の筒にすっぽりと覆われたような気がして一郎太は、ふう、と吐息を漏らした。

すぐにまた風が吹きはじめ、音が戻ってきた。提灯は、穏やかに足元を照らしている。それを目にした一郎太は軽く咳払《せきばら》いし、再び歩きはじめた。

数歩ほどを進んだところで、むっ、と胸中でうなり声を上げ、立ち止まった。

——なんだ、これは。

愛刀の摂津守順房の柄《つか》に手を置き、一郎太は腰を落とした。

前方から、体をずんと圧してくるような気を一瞬、感じたのだ。およそ人とは思えない強さだった。

——まさかこの江戸に、熊があらわれたのではあるまいな。

提灯を掲げ、何者がやってくるのか見定めようとしたが、一郎太はすぐにとどまった。

逆に提灯を吹き消した。そうしたほうがよい、と直感したからだ。

それに、提灯の明かりなど届かないところに何者かはいる。おそらく、一町は優に離れているであろう。目を凝らしたものの、人影はちらりとも見えなかった。

――しかし、一町以上もあるのに、これほどまでの気を感じさせるとは……。

いったい何者なのか。もしや、と思って一郎太は眉根を寄せた。

――さっきの気は、殺気ということはないのか。

殺気であるなら、このまま路上にいては危ういような気がし、一郎太はかたわらの商家の軒下に入り込んだ。改めて目を凝らす。

――ふむ、誰も来ぬな。何者かは道を折れたか。

一郎太は自らに問いかけた。

――いや、そうではあるまい。この先にひそんでおるのではないか。

一郎太に向かっていきなり殺気を発したのは、おそらくこちらの提灯を目にしたからであろう。それだけで殺気を発する者など、どんな者が考えられるか。

辻斬《つじぎ》りではないか、と一郎太は思った。

――この先に、辻斬りが隠れておるかもしれぬのか。こんな夜更けに外に出ている者など、ほかに考えられぬ。

しかも先ほど感じた気は、盗《ぬす》っ人《と》や押し込みが放ったものとは思えなかった。

——恐ろしいほど過酷な修練に耐えた者しか、発することはできぬ。

むっ、と一郎太は顔をしかめた。

——そういえば、あの手の気はつい最近、嗅いだばかりのような……。

どこで嗅いだのだったか、と頭を巡らせるまでもなかった。

——羽摺り四天王の気とそっくりだ。

熊のような気を感じた瞬間、そのことに思いが至らなかったおのれが、途轍《とてつ》もない迂闊者《うかつもの》に感じられた。ほぞを嚙んだが、一郎太はすぐに気持ちを新たにした。

——悔いていても、はじまらぬ。この先にひそんでいるのは、羽摺りの者か。実は、根津の家は今も見張られており、俺は羽摺りの者につけられていたのだろうか。俺はそれに気づかなかったのか。

あとをつけていた者は一郎太を待ち伏せするために、道を先回りしたのか。

——いや、そうではあるまい。

即座に一郎太は否定した。

——この先にひそんでいる羽摺りの者は、一切用心することなく夜道を歩いていたのではないか。人けのない深夜でもあり、気を緩めていたのであろう。

まさかこんな深更に一郎太のような者と鉢合わせをするとは、夢にも思っていなかったのではあるまいか。

――羽摺りの者にしてはずいぶん迂闊だが、それは俺も同じだ。誰にも会うはずがないからと、俺は放埒《ほうらつ》に気を放っていた。その気を羽摺りの者は感じ取り、殺気を発したのではあるまいか。

――それにしても、羽摺り四天王に匹敵するほどの気の持ち主とは、いったい……。

もしや、と一郎太は慄然とし、うなり声を上げそうになった。

――羽摺りの頭か。

あの熊を思わせる巨大な気は、そうと考えれば合点がいく。

――やはり江戸に来ていたのか……。

羽摺りの頭とおぼしき者は、と一郎太は思った。

――果たして俺が百目鬼一郎太であると気づいたかどうか……。

考えた一郎太は、すぐさま判断を下した。

――気づいたと考えるほうがよかろう。だとすれば、本当にいつ襲いかかってくるかわからぬ。こちらから動くわけにはいかぬ。

一郎太のほうから動けば、羽摺りの頭はきっとなにか仕掛けてくるに決まっている。

――俺は羽摺りの頭などに負けはせぬが、なんといっても、闇はやつらの領分だ。

今は向こうの動きを見定めるのが、得策であろう。

一郎太は軒下で身じろぎ一つせず、ひたすら気配を消すことに専心した。

風がしきりに吹き渡り、土埃を舞い上げていく。

冷たい風に気持ちを惑わされることなく、一郎太はひたすら心気を研ぎ澄ませていた。


どのくらいのときが過ぎたか。

風は、一郎太の前を二十度以上は吹き過ぎていった。

長いこと同じ姿勢を取っていたせいで、さすがに一郎太は足にしびれを感じている。

これ以上は我慢できぬ、と思った。面を上げ、前方の気配を改めてうかがう。

——なにも感じぬ……。

熊のような気は消えたままだ。

——羽摺りの頭とおぼしき者は、いなくなったのか……。

一郎太としても、いつまでもこの場にとどまってはいられない。静に会わなければならないのだ。

静と会ったそのあとは、夜陰に紛れて上屋敷を出、夜明けまでに根津の家に戻ろうと考えていた。

――よし、行くぞ。行くしかあるまい。もし羽摺りの頭が襲ってきたら、返り討ちにするまでだ。

ここで頭領を退治できれば、羽摺りの者との決着はつくのだ。腹を決めた一郎太は、活《かつ》を入れるように自らに気合を込めた。

提灯を灯すことなく商家の軒下を出、歩きはじめる。

いつでも愛刀の摂津守順房を引き抜ける心構えをしつつ、半町ばかりを心持ちゆっくりと歩いた。先ほどの強い気は、やはり戻ってこない。

しかし、それは一郎太を油断させるための手かもしれない。次の瞬間にでも、闇の中から飛び出し、斬りかかってくるかもしれない。足を運びつつ、一郎太は刀の鯉口を切った。

気を緩めることなく、さらに半町ほど進んだところで、右手にこぢんまりとした稲《いな》荷社《りしや》があるのに気づいた。

その境内に目をやった途端、なにか妙だ、と感じ、一郎太は鳥居の前で足を止めた。

――羽摺りの頭かもしれぬ者は、この鳥居をくぐっていったのではないか……。

漆黒の闇が折り重なっているような境内をじっと見ながら、一郎太はそんな気がしてならなかった。

――境内の底知れぬ闇の濃さは、羽摺りの頭が身を隠すにふさわしい。よし、探り出してやる。

一郎太は精神を統一して、境内の気配をうかがった。しかし、羽摺りの頭領が発しているとおぼしき気を、感じ取ることはできなかった。

——おらぬのか。いや、俺が気を感じ取れぬだけだ。もし羽摺りの頭なら、相手が誰であろうと、気を消すなどお手の物だろう。

必ずこの境内におる、と一郎太は断じた。

——よし、入るぞ。

一郎太は丹田《たんでん》に力を込めた。

——それに、もし羽摺りの頭がひそんでいるのなら、黙って通り過ぎるわけにはいかぬ。

愛刀の柄を右手で握り、一郎太は鳥居をくぐった。

その瞬間、なにか柔らかい物を踏んだ。ぎくりとして素早く目をやった。だが、そこにはなにもなかった。

夕暮れ時に少し雨が降ったから、その名残のぬかるみかもしれない。

昂然と顔を上げ、一郎太は境内に足を踏み入れた。警戒は怠っていないものの、一郎太に羽摺りの頭に対する恐れはなかった。

——俺は、どんな者が相手であろうと、決して負けぬ。

一郎太にはそれだけの確信があった。羽摺り四天王と黄龍に勝利したという事実は、一郎太にこれ以上ないほどの自信を与えていた。

——どれほど羽摺りの頭が強くとも、俺を倒すことは決してできぬ。

境内は、二十坪ほどの広さでしかなかった。石畳を進んだ一郎太は、小さな社に行き着いた。そこまで行くと、闇がさらに深まったような気がした。

狭い境内のどこにも、羽摺りの者らしい影はなかった。

——ふむ、おらぬか……。いや、社の裏はどうだ。

眼前に建つ社に一郎太は目を据えた。屋根の高さは一丈ほどで、こぢんまりとしたつくりである。

社の両側に、細い枝を垂れ下がらせた柳が立っていた。この寒さの中、右側の一本は盛んに葉を茂らせているが、左側の柳は樹勢が衰えているのか、どこか弱々しい雰囲気を醸し出していた。

社を見つめる一郎太の中で、緊張がじわりと高まっていく。柄を握る手に汗がにじんだ。境内に一陣の風が吹き込み、二本の柳の枝をさわさわと騒がせた。

風がおさまるのを待たずに、一郎太はさっ、と動いて社の背後に回り込んだ。

無人だった。深い闇がとぐろを巻くようにうずくまっているのみだ。

ふう、と一郎太は吐息を漏らした。

――端から、この境内にはおらなんだのか。

そうではあるまい、と一郎太は思った。

――羽摺りの頭とおぼしき者は、まちがいなくここにひそんでおった。俺が鳥居をくぐったときには、すでに裏から抜け出ていたのではないか。

もっとも、いきなり羽摺りの頭領とやり合わずに済んで、一郎太にはどこかほっとした気分もある。

――戻るとするか。

心中でうなずいて、一郎太は踵《きびす》を返した。鳥居を抜け、再び真っ暗な道に出る。

相変わらず、土埃を巻き上げて風が吹き渡っていた。寒さは依然として厳しいが、面を上げて一郎太は左右を見渡した。

人影一つない道が、底知れない洞窟のように暗く続いている。

――よし、行くか。

市谷加賀町を目指して、一郎太は足を進めはじめた。

三歩も行かないところで、はっ、として振り返った。

次の瞬間、背後に立つ人影が目の端に映り込んだ。

――羽摺りの頭か。

影とは二間ほどしか離れていない。素早く向き直り、摂津守順房を抜こうとした。

だが、一郎太はとどまった。影はすでに消えていた。

どういうわけか、まるで燃えているかのように体が熱くなっていた。むぅ、と一郎太は声を発した。

――今のは幻だったのか……。

疑心が幻を見せたに過ぎないのか。

――いや、そうではあるまい。

一郎太は即座に否定した。幻にしては、はっきりしすぎていた。

――商人のような形《なり》をしていたように見えた……。刀を差しているように見えたが、道中差だろうか。

本当に羽摺りの頭だったのか、一郎太には確信がない。

――普段、羽摺りの頭は世を欺くためにあのような姿をしているのか。

とにかく、と一郎太は思った。

――忍びの者らしく、羽摺りの頭は幻術を使えるようだ……。

油断できぬ、と一郎太は気を引き締めた。ただし、一つだけ腑《ふ》に落ちない点があった。

一郎太の背後を取ったにもかかわらず、羽摺りの頭領とおぼしき者は襲いかかってこなかったのである。

――俺が百目鬼一郎太であると、わかっていなかったのか。

わかっていて見逃したのだろうか。

――そうかもしれぬが、仮に襲いかかってきたとしても、俺は決して殺《や》られなかった。相手が羽摺りの頭であろうと、俺は負けぬ。

こんなところで俺がくたばるわけがないのだ、と一郎太は強く思った。

しばらくその場にたたずんでいたが、羽摺りの頭領とおぼしき者の影を見ることは、二度となかった。

――去ったのか……。

まだ体は熱いままだ。

――この熱はいったいなんだ。

気持ちを落ち着ければこの火照りも消えるかもしれぬ、と一郎太は深く息を吸った。少しだけ間を置き、息を細く吐いていく。

深呼吸を何度か繰り返すと、心の波立ちがゆっくりとおさまっていった。

同時に、体を包み込んでいた熱も消えていった。寒さが急に戻ってきた。

――いずれ、羽摺りの頭とは相まみえることになろう。

それは疑いようのない事実である。そのときは、と一郎太は目を光らせた。

――必ず倒してやる。

一郎太は、一刻も早くその瞬間を手にしたくてならなかった。

だが、その前に静に会わねばならない。羽摺りの者ばかりでなく、諏久宇のことも気がかりでならないのだ。

風が吹き渡る中、一郎太は市谷加賀町のほうへと目を向けた。

百目鬼家の上屋敷を目指し、力強く歩きはじめる。

四

むっ、と声を漏らしそうになって東御万太夫《とうみまんだゆう》は顔をしかめた。

不意に、粘りつくような血のにおいを嗅いだのだ。

強い風に飛ばされることなく、血のにおいは万太夫にまつわりついている。まるで、すぐそばに血だまりが広がっているかのようなにおい方である。

——どこからにおっておる。

立ち止まり、万太夫はぎらりと目を光らせた。近くに血だまりは見当たらない。

二町ばかり先に、ぽつんと提灯の明かりが見えていた。提灯の主は、こちらへ歩いてきているようだ。

——もしや、あやつがこのにおいの元か。あやつが、これだけの血のにおいを発しているというのか。

あそこから、とまだ遠い提灯を眺めて万太夫は考えた。これほど濃い血のにおいが届くものなのか。しかも風は、万太夫から見て追い風なのだ。

——いくらわしの鼻が利くといっても、あれだけ離れていては、においを嗅げるはずもない……。

深更ということもあり、ほかに人影はまったくない。となると、と万太夫は考えた。

——やはり、あやつがにおいの元ということになろう。

むう、と心中でうなって眉根を寄せ、万太夫は、おそらく、と思った。

——あの提灯の主が放つ気に、血のにおいが溶け込んでおるのではあるまいか。

大気に混じって、血がにおっているわけでないのだ。

これほど濃い血のにおいを気に孕《はら》ませているのなら、と万太夫は思った。提灯の主は、これまでに相当数の人を殺めてきているのではないか。

——いったい何者なのか。しかも、あそこからここまで気が届くとは、よほど大きな魂の持ち主といってよかろう。殺そうとしても、なかなか死なぬ類の者だ。

その上、提灯の主から放たれている気は鞭《むち》のような強靱《きょうじん》さを感じさせた。相当の遣い手といってよいのではないか。

俄然《がぜん》、興を抱いた万太夫は前方に鋭い目を投げた。

提灯の主は歩みを止めることなく、さらに近づいてきている。距離は、すでに一町半ほどに縮まっていた。

――あやつは、わしがここにおるのに気づいておらぬ……。つまり、わしより腕が下ということだ。夜目も利かぬのではないか。

提灯をじっと見て、万太夫はさらに思案を巡らせた。

――こんな夜更けに、一人で出歩いている者が善人であるはずがない。辻斬りではあるまいか。

もしそうなら、と万太夫は即座に決意した。

――わしが成敗してやる。

江戸で暮らす者たちの益になる真似などしたいわけではないが、これも一興であろう、と万太夫は思った。

――辻斬りなど、一刀のもとに斬り殺してくれる。

腰に差す道中差の柄に、万太夫はそっと手を置いた。

――おい、きさま。今夜、わしと出会ったのが運の尽きだと思え。死んでも、わしをうらむな。

提灯の主に、唇だけで語りかける。

――あやつがまことに辻斬りならば、わしとすれちがう際に斬りかかってこよう。

返り討ちにしてくれる、と口中でつぶやいて万太夫は再び歩き出そうとした。はて、と胸中で首をかしげる。

――辻斬りが提灯を下げて歩いているものなのか。木陰などの暗がりにひそみ、獲物が通りかかるのを、じっと待っているものではないか。

あやつは辻斬りではないかもしれぬ、と万太夫は考え直した。

――ならば、斬るのはやめておくか。

いや、とすぐにかぶりを振った。

――あの提灯は、こちらを油断させるための見せかけかもしれぬ。

まちがいなく辻斬りだ、と万太夫は断じた。だからこそ、これほどまでに濃い血のにおいが気に混じっているのだ。

――仮に辻斬りでなくとも、なんらかの罪を犯しているのは疑いようがあるまい。

実際のところ、万太夫は提灯の主と手合わせしたくてならない。

――いずれわしは、百目鬼一郎太と戦うことになる。

あの提灯の主の腕前ならば、恰好《かっこう》の腕試しとなるはずである。

――百目鬼一郎太を殺る前に、あやつを血祭りに上げてくれる。

目を怒らせるようにして、万太夫は提灯をにらみつけた。それから、体に染みつかんばかりになっている血のにおいを払うように両肩を軽く揺すってから、足を踏み出した。

三歩も行かないところで立ち止まり、眉尻《まゆじり》を上げる。一町ほどに迫っていた提灯の明かりが、不意に消えたのだ。

――あのあたりに、あやつの家があるのか。

次の瞬間、むう、と万太夫は声を漏らしていた。体にまつわりついていたはずの血のにおいが、まったくしなくなっているのに気づいたのだ。

――あやつめ、気を消しおった。わしに感づきおったのか。

闇にすっぽりと覆い隠されているはずの万太夫の姿を、目にしたとは考えにくい。

――もしや、あやつはわしの気を感じ取ったのか。わしの気を感じたからこそ提灯を消し、おのれの気をぴたりと止めてみせたのだろう。あのあたりに、あやつの家があるわけではない。

提灯の主は姿勢を低くして、こちらの様子をうかがっているにちがいなかった。

しかしなにゆえ気づかれたのか、と万太夫は考えた。造作もなく答えが出た。

先ほど提灯をにらみつけて血祭りに上げてやると思ったとき、自分では気づかないうちに殺気を放ってしまったのではないか。それを提灯の主に覚られた。

きっとそうだ、と万太夫は思った。

――それにしても、こうも鮮やかに気を消してみせるとは、やはり油断ならぬ手練のようだ。さて、どうする。

闇に包み込まれた路上に立ち、万太夫は自らに問うた。

――こちらから動くのは、得策とはいえぬ。まずはあやつがどう動くか、探るのがよいのではないか。

万太夫は、かたわらの稲荷社の鳥居の陰に素早く移った。

――しかし、しくじったな。

冷たい地面に片膝をついて、万太夫は顔をゆがめた。

――殺気を発してしまうとは……。

しかしながら、万太夫の殺気を感じ取るだけの真似ができる者は、この世にそういるものではない。

――いったい何者だ。

闇に深く覆われている道を見つめつつ、万太夫は再び考えた。

――辻斬りなどではあるまい。わしの気を察するほどの腕前の者が、辻斬りのような卑しい真似をするとは思えぬ。

提灯の主は、相当厳しい剣の修行を積み重ねているはずなのだ。提灯を下げていたのも、なにか用事があり、どこかに赴こうとしているだけだったのではないか。

提灯の主の正体を、万太夫は確かめたくてならなくなった。こちらから動いて誘ってみるか、と考えたが、すぐに首を横に振った。

——いや、やめておこう。このまま待つのがよかろう。あやつも、今頃はわしがどう動くか必死にうかがっておるであろう。わしの動きがつかめるまでは動くまい。だが、わしも決して動かぬ。

我慢比べだ、と万太夫は思った。

——たとえ相手がどんな者であろうと、わしは後れを取らぬ。

万太夫には自信がある。我慢比べは、忍びが最も得意とするところなのだ。

——あやつは必ずしびれを切らし、動いてくる。仕掛けるのはそのときだ。

それまでひたすら待てばよい、と万太夫は断じ、闇に馴染《なじ》むようにさらに体を低くした。


提灯の主も気が長いらしく、なかなか動こうとしなかった。

——相当のものだな……。

万太夫の前を、風がしきりに吹き過ぎていく。厳しい修練の甲斐あって、寒さなど一切感じない万太夫は、身じろぎ一つせずに気配を殺していた。

——あやつは必ずやってくる。

それを確信している万太夫は、鳥居の陰から目を凝らし続けた。

さらに四半刻《しはんとき》ばかりが過ぎていったが、誰も道をやってこない。

――ふむ、来ぬな。

地面に片膝をついたまま万太夫は思った。

――あやつは道を変え、どこかよそへ行ったのだろうか。

万太夫は、息をそろそろと細く吐いた。

――いや、そうではあるまい。あやつは今も、わしが動くのをじっと待っているにちがいあるまい。

本当に何者なのか、と万太夫はまたしても思った。

――この我慢強さは、まさかわしと同業ではあるまいな。しかし考えてみれば、わしの殺気を感じ取ったからといって身を隠すなど、あやつはなにゆえそのような真似をせねばならぬ。

命を狙われているのだろうか。

――その手の心当たりがなければ、殺気を感じたからといって、隠れる要はまったくあるまい。

まさか、と思って万太夫は、はっとした。一瞬で身が硬直した。

――提灯の主が、百目鬼一郎太ということはあり得ぬのか。

唇をぎゅっと嚙み、万太夫は道中差の柄を握り締めた。

——江戸に着いたばかりだというのに、こんなところで百目鬼一郎太とばったり会うものなのか。

決してあり得ぬことではなかろう、と万太夫は思った。

——なぜなら、わしらは刃を交えるよう運命づけられているからだ。

黄龍や四天王が一郎太に返り討ちにされたのも、運命ゆえであろう。

——百目鬼一郎太と戦うように、端からわしは天から命じられていたのだ。だから、黄龍や四天王は倒されてしまったのだろう。

この先にいるのが百目鬼一郎太であるなら、放たれていた濃い血のにおいの意味もわかるというものだ。

百目鬼一郎太は、国元で大勢の家臣を殺したという。さらに黄龍や四天王も、あっさりと屠ってみせた。

——きっとわしより多くの者を、あの世に送り込んでいるのだ。それだけの者を手にかけておれば、濃すぎるほどの血のにおいが、気に混じり込んでいるのも、至極当たり前であろう。

提灯の主が本当に百目鬼一郎太だとして、なにゆえこんな夜更けに出歩いているのか。いったいどこへ行こうとしているのか。

そういえば、と万太夫は思い出した。ここからそう遠くない場所に、百目鬼家の上屋敷がある。

そこには一郎太の妻の静姫がいる。

——やつは、奥方に会いに行こうとしているのか。

なにしろ夫婦仲はとてもよいらしいからな、と万太夫は思った。

一郎太は国元を出奔したとはいえ、正式には、家督を弟の重二郎にまだ譲ってはいないと聞く。本来なら、今は参勤交代で国元の北山にあるべき身なのだ。静に会うにしても、公儀の目を盗まないとならないはずだ。

——百目鬼一郎太め、妻に会うために上屋敷に忍び込むつもりでいるのか。家臣たちが寝入っているところを忍び込むつもりでいるから、こんな深更に町を歩いているのか。

しかし、いくら妻に会いたいとはいっても、ここまで遅い刻限にする必要があるものなのか。一郎太には、妻に会わねばならない理由があるのではないか。

それとも、ただ単に静に会いたくてたまらないのだろうか。

一郎太はまだ若く、二十八と聞いている。妻を抱きたくてならなくなる気持ちは、わからないでもない。

一郎太の顔は、前に人相書を見て頭に叩《たた》き込んである。どれほど闇が深かろうと、見まちがえるはずがない。それだけの自信が万太夫にはあった。

またしても強い風が吹き渡り、梢を騒がせていった。

その風がおさまった直後、万太夫は身じろぎをしそうになった。足音をまったく立てることなく、人が近づいてきているのがわかったのだ。

百目鬼一郎太だ、と万太夫は確信した。気配は消せても、魂の大きさだけはどうにも隠しきれない。

――百目鬼一郎太であるなら、魂の巨大さもわかるというものだ。しかし、やっと来たか。我慢比べは、思った通り、わしの勝ちであったな。

闇の中、万太夫はほくそ笑んだ。

――よし、殺してやる。ここで会ったのも、天の定めであろう。

百目鬼一郎太の息の根を必ず止めてやる、と万太夫は心に誓った。

――だが、すぐには殺さぬ。あっという間に殺してもつまらぬ。黄龍や四天王たちも、そのような殺し方では成仏《じょうぶつ》できぬであろう。

万太夫がいる稲荷社の前に、一人の一本差の侍が姿を見せた。

――浪人の形か。まだ若いようだな。

なにかを感じたように浪人は足を止め、こちらをじっと見ている。

――わしが身をひそめていることに気づいたか。いや、そのようには見えぬ。

少なくとも、この稲荷社になにかを感じ取っているのは確かなようだ。

——やはり相当の遣い手といえよう。

そこにいるだけで浪人からは万太夫の胸を圧してくるものがあった。

闇が深すぎて、万太夫の目を持ってしても顔ははっきりと見えない。話にきく一郎太の背格好によく似ていた。歳の頃も当てはまるような気がする。

——百目鬼一郎太とみて、まずまちがいあるまいが……。

江戸は剣術の本場である。一郎太に限らず、遣い手などいくらでもいるだろう。

——いや、まことに百目鬼一郎太であろう。

なにかを決意したらしく、一郎太が動き出した。境内に入ろうというのか、鳥居に近づいてくる。万太夫は素早く地面に伏せた。

——熔化《ようか》の術。

心でつぶやいて万太夫は全身から力を抜き、印《いん》を結んだ。体が水と化して地面に溶け込んでいく図を、頭で思い描く。すると、実際に全身が地面に沈み込んでいくのが知れた。

待つうちに、一郎太が万太夫の体に足をのせてきた。むっ、とそこで歩みを止めたのは、足がぬかるみに取られたとでも思ったからだろう。

一郎太は万太夫の体に足を乗せたことに気づかずに通り過ぎ、境内に入っていった。

――さすがに熔化の術よ。

境内に入っていった一郎太は、なかなか戻ってこなかった。なにかを探して境内をうろついているようだ。

――きっと、わしを見つけ出そうと思っているのであろう。百目鬼一郎太よ、わしはここにおるぞ。

心で万太夫は呼びかけた。それに応じでもしたかのように、一郎太がこちらに戻ってきた。

今度は、万太夫の体を踏まずに道に出ていった。一郎太はなにか腑に落ちない様子だったが、気を取り直したように道を歩き出した。

すかさず万太夫は熔化の術から体を解き放ち、音もなく立ち上がった。背後から一郎太に襲いかかるつもりだった。

だが、一郎太が万太夫の気配に気づいたらしく、はっとしたように振り返った。そのとき一郎太の体から強烈な熱が発せられ、万太夫はそれをまともに浴びた。

――なんだ、これは。

あまりの熱さに万太夫はさっと後ろに飛び退き、一郎太の視界から姿を消した。

――いったい、今のは。なにゆえあのような熱が一郎太から出てきたのだ。

鳥居の背後にうずくまりながら、万太夫にはわけがわからなかった。

──やつは、得体の知れぬ術を会得しておるのか……。

そうかもしれない。

とにかく、万太夫は強烈な熱のせいで、一郎太を屠《ほふ》る機会を失った。戸惑いと腹立ちのせいで、奥歯をかたく噛み締めていた。しばらくして気分が落ち着いてきた。別に構わぬ、と思い直した。

──いずれやつとは、必ずや相まみえねばならぬ。それは天によって運命づけられているはずだ。決着をつけるのは今宵ではないと、天がわしに告げたのではないか。

それがあの熱なのではないか。

きっとそうだ、と万太夫は断じた。

しばしのあいだ一郎太はその場にたたずんでいたが、気を入れ直したかのように力強い歩調で歩きはじめた。

鳥居の陰にしゃがみ込んだまま、その姿を万太夫は見送った。

──やはり相当の腕だったな。あれだけの腕前なら、黄龍や四天王を屠ってもおかしくはない。よし、わしも行くとするか。

四谷《よつや》にある黒岩監物の屋敷に向かって、万太夫は歩き出した。

第二章

一

市谷加賀町に入った。

ここまで怪しい気配は、一度たりとも覚えなかった。

一郎太は、ちらりと後ろを振り返った。真っ暗な路上に、相変わらず人影は一つも見えない。

顔を戻し、一郎太は前方に目をやった。常夜灯がほとんどない真っ暗な道がずっと続いている。

――まるで、闇夜の底に吸い込まれそうな心持ちになってくるな。

それにしても、と一郎太は思った。

――羽摺りの頭は、あとをつけてこなかったのだな……。

先ほど一郎太が稲荷社《いなりしゃ》を出た直後、羽摺りの頭領は背後を取ったにもかかわらず、攻撃を仕掛けてこなかった。

あれはなにゆえなのか。一郎太はいまだに引っかかっている。

――俺だとわかっていて、羽摺りの頭が見逃すものなのか。

それはあるまい、と一郎太は思った。

――それとも、背後から襲ったとしても、勝てぬと断じたのか。

それもなかろう、と一郎太は考えた。忍びとは、自らの命を捨ててでも相手を地獄への道連れにする生き物だろう。

――俺の背中を取るなど、千載一遇の機会だったはずなのに、それをあっさりと見逃すなど、妙としかいいようがない。

あれは、いったいどういうことなのか。

――俺との決着をつけるのは、まだ先だと考えたのか。ふむ、そうかもしれぬが……。

釈然としなかったが、一郎太は羽摺りの頭領のことを忘れることにした。すでにいなくなった者のことを、いつまでもぐずぐずと考えても詮《せん》ない。

足早に歩いた一郎太は、こぢんまりとした武家屋敷の門前で立ち止まった。眼前の長屋門を見上げる。

長屋門はひっそりとしており、長屋に人の気配はほとんど感じられなかった。今は参勤交代の時期ではなく、ほとんどの家臣は国元にいるのだ。長屋門は空っぽだろう。

——今は、こうして俺だけ江戸に出てきておる。重二郎は、うまくやってくれているだろうか。

弟の重二郎は裏表のない人柄で、実に頼りになる男だ。一郎太が出奔したあとを、当主代理としてしっかりと切り盛りしてくれているにちがいない。

刻限は、すでに八つを過ぎているはずだ。

——押し込みを退治したり、羽摺りの頭らしい男と出会ったりして、ずいぶん遅くなってしまった……。

道の両側は、深い闇が泥のようにわだかまっている。羽摺りの者が発しているとおぼしき気配も感じない。

今も変わることなく風が吹き渡り、土埃《つちぼこり》を舞い上げている。それがときおり一郎太の横顔に当たる。

――よし、中に入るとするか。

気を緩めずに一郎太は、表門から西へ向かった。目が、いちだん塀が低くなっている場所を捉える。

付近に誰もいないのを再び確認し、一郎太は塀のてっぺんに向かって跳び上がった。両手が塀の上にかかる。

全身に力を込めて塀の上に上がり、腹這《はらば》いになった。そこから母屋に目を当てる。

母屋はどこもかしこも暗く、明かりが灯《とも》っているところは一つもない。夜の底に沈んでいるように見えた。

母屋内に何人もの人がいるのが伝わってきたが、高ぶった気配は一つもない。いずれも穏やかだ。屋敷にいる留守居の者のほとんどが、眠りについているのだろう。

その中で針のようにわずかに尖《とが》って感じられる気配は、宿直《とのい》の者が発しているものだろう。居眠りをせずに、しっかりと起きているのだ。

大したものだ、と一郎太は感じ入った。今は太平の世である。なにもない夜が、日常になっているはずなのだ。

それにもかかわらず、居眠りもしないで勤めに励んでいる。頭が下がる。

自分なら、と一郎太は思った。こんな深更に座していて、ずっと起きていられるはずがない。必ずうつらうつらしてしまうだろう。

――よし、静のもとにまいるか。

心中でうなずいた一郎太は、塀を飛び降りた。足音はまったく立たなかった。手近の木陰に素早く入り、身を低くする。

その姿勢で一郎太は動かず、あたりの様子をうかがった。

母屋で急に明かりがついたり、血相を変えて一郎太に向かってきたりする者はいなかった。邸内は、ひっそりと静まりかえっている。

――ふむ、俺が忍び込んだことに感づいた者はおらぬか。

留守居の者に、すさまじいといえるほどの手練《てだれ》はいないのだ。それが、一郎太には少し残念だった。

こんなにたやすく忍び込める武家屋敷というのも、正直、どうなのだろう。盗《ぬす》っ人《と》など、入り放題ではないか。

もっとも、どこの武家屋敷も用心の程度は似たり寄ったりと聞く。武家屋敷をもっぱらに狙う盗っ人がいるのは、警固がしっかりしていないことと、盗みに入られても体面を気にして武家側が被害を町奉行所に届けないのが大きな理由だという。

――宿直の者には、それなりの腕利きが揃《そろ》っている。もし盗っ人が忍び込んできたとしても、必ず捕らえるにちがいない。今宵《こよい》は俺だから気づかぬだけだ。

足音を立てずに木陰を離れ、一郎太は表御殿の建物に素早く歩み寄った。腰を曲げるや、ためらいなく縁の下に入り込む。

その姿勢で、真っ暗な縁の下を進んだ。いくつもの蜘蛛《くも》の巣があったが、顔にかかる前にすべて払っていった。

――せっかくの巣を壊して申し訳ないが、またつくり直してくれ。

前に進みながら、一郎太は蜘蛛たちに謝った。半日もあれば、蜘蛛は巣を張り直せると聞いている。

母屋は、表御殿と奥御殿に分かれている。再び、塀を乗り越え、奥御殿に入ったところで、一郎太はいったん立ち止まった。あたりの気配を嗅ぎつつ、縁の下にもぐり込む。

――よし、ここだな。

静の部屋の真下に来たのを覚《さと》った一郎太は足を止め、頭上を仰ぎ見た。

静に会うために、上屋敷にはこれまで何度か忍び込んでいるのだ。まちがえようがなかった。

精神を集中すると、人の気配をはっきりと覚えた。気配には、どこか甘い香りが感じられた。

――やはり起きていたのか。俺が来るのがわかっていたのだな。

自然に頬が緩んだ。静への愛《いと》おしさで胸が一杯になる。

——今からまいる。

静に心で声をかけて一郎太は両手を伸ばし、まず真上の床板を外した。床板を土の上に置く。眼前に畳裏が見えている。両腕に力を込めた一郎太は畳を静かに押し上げ、できた隙間から顔をのぞかせた。

おっ、と一郎太は声を漏らしそうになった。一郎太の正面に静が端座《たんざ》し、じっと見ていたからだ。

部屋には明かりが灯り、ほんのりと静を照らしていた。一郎太を見る瞳が、きらきらと輝いている。

美しいな、と一郎太は思った。

——自慢の妻だ。

「あなたさま」

うれしそうに静がささやきかけてきた。

「静」

静を見つめ返して、一郎太は名を呼んだ。むろん、声を低くするのは忘れない。

なにしろ、襖《ふすま》で隔てた隣の間には静付きの腰元《こしもと》がいるのだ。この刻限ならば、さすがに寝床でぐっすりと眠っているだろうが、一郎太としては気を緩めるわけにはいかない。

「起きていたのだな」

「はい」

一郎太を見て静がうなずく。

「あなたさまがいらっしゃるのではないかと予感が働きまして……。いえ、今宵きっと来てくださると、私はかたく信じておりました。願えば、叶《かな》うものなのですね」

声を立てずに静が笑《え》んだ。

「やはりそうであったか」

一郎太は部屋に上がり込み、畳を元に戻した。

「やはり、とおっしゃると」

楽しげに静がきく。一郎太は静の前に膝で進んだ。静が発するにおいが不意に鼻先をかすめ、その甘やかさに、めまいのように頭がくらりとした。

「あなたさま、どうかされましたか」

気がかりそうな静の声が耳に届いた。はっと我に返った一郎太は顔を振ってしゃんとした。

小首をかしげた静の姿が目の前にあった。その仕草があまりにかわいらしく、一郎太は抱き締めたくなったが、なんとかこらえた。空咳《からぜき》をしてから、口を開く。

「静は俺が来るのがわかっており、きっと起きているのではないかと俺は思っていたのだ」

「さようでございましたか」

　一郎太を見て、静が微笑する。

「自分が思った以上に、あなたさまがいらっしゃるのは時がかかりましたが……」

「俺ももっと早く来ようと思っていたのだが、いろいろとあってな」

「なにがあったのでございますか」

　再び小首をかしげた静にきかれ、一郎太は押し込みの件を手短にまず話した。

「ええっ、押し込みを退治されたのですか」

　まなじりが裂けんばかりに、静が目をみはった。声は低いままである。

「そうだ。まさか今宵、押し込みに遭遇するとは思わなんだが……」

「お怪我《けが》はなかったのですか」

　一転、案じ顔になった静が問う。

「どこにもない」

　静を安心させようと一郎太はほほえんだ。

「押し込みどもに、大した腕を持つ者はおらなんだゆえ」

「さようでございますか……」

　細い肩を上下させて静が安堵《あんど》の息をつく。

「その押し込みは二人を殺《あや》めたとおっしゃいましたが、その他の人たちは大丈夫だったのですね」

「何事もなかった。怪我を負った者もいないはずだ」

「亡くなったお方は残念でしたが、あなたさま、とてもよいことをされましたね」

静を見つめ返して、一郎太は同意した。

「俺もそう思う」

さらに言葉を続け、一郎太は羽摺りの頭とおぼしき者に出会った旨を静に伝えた。

「えっ、羽摺りの者ですか。まことでございますか」

目を大きく見開いて、静がきいてきた。

「まことだ」

羽摺りの頭領とどのように出会い、どんな別れ方をしたのかを一郎太は語った。

「羽摺りの頭と会って、何事もなかったのでございますね」

改めて静が一郎太をまじまじと見る。

「大丈夫だった」

にこりとして一郎太は首を縦に動かした。

「幸いというべきか、刃《やいば》を交えることにはならなんだ」

「でも、いつかは羽摺りの頭と戦うことになるのでございましょう」

静は覚悟を定めたような目をしている。

「あなたさま、勝てますか」

その問いを受けて、一郎太はまじめな顔になった。

「静、案ずることはない。俺は決して負けぬゆえ」

抑えてはいるものの、しっかりとした口調で一郎太は告げた。

「なんといっても、俺には静がいる。静を置いて、あの世に行けるものか」

「はい、私はあなたさまの勝利を心より信じております」

きっぱりとした口調で静がいった。

「それでよい。もう一度いうが、俺は決して負けぬ」

目を光らせて一郎太は断言した。

「よくわかりました。私ももう一度申し上げますが、あなたさまの勝利をつゆほども疑っておりませぬ」

「うれしい言葉だ」

一郎太は口元をほころばせた。静も微笑したが、すぐに居住まいを正した。

「それで殿。今宵は、なにゆえこちらにいらしたのでございますか」

「それか」

背筋を伸ばし、一郎太は静をじっと見た。

「諏久宇について静に聞こうと思ったのだ。諏久宇がどうなりそうなのか、俺は知りたくてならぬ。本当に公儀《こうぎ》に取り上げられるのかどうか……」

「諏久宇のことは、私も心配でなりませぬ」

静が瞳に翳《かげ》を宿す。うむ、と一郎太はうなずいた。

「もし公儀に諏久宇を取り上げられる羽目になったら、寒天による収入が途絶え、百目鬼家は立ち行かぬ」

せっかく父の内匠頭斉継が始め、育て上げた寒天事業は潰《つい》えてしまうにちがいない。

――諏久宇は、公儀のものにされてしまうのか。公儀としては、それが狙いなのかもしれぬが……。

幕府自体、台所の具合が芳《かんば》しいとはいえない。寒天事業という金のなる木を手に入れれば、わずかながらも財政は好転すると公儀の要人は考えたのだろうか。

それゆえ、諏久宇のような二十石ほどしかない地を取り上げようとしているのだろうか。

そのとき一郎太は、ふと気づいた。

――もしや公儀の要人は、諏久宇のようなところを、各大名家から取り上げていこうとしているのではあるまいか。

それら一つ一つは諏久宇のように大した穫《と》れ高でない土地だとしても、すべてがまとまれば、かなりの金が公儀の懐に入るのではないか。

そのような阿漕《あこぎ》な所業を、公儀はしようとしているのではないのか。

いや、と一郎太はすぐさま心でかぶりを振った。

——いくら公儀が窮しているからといって、天下を治めているのだ。そのようなけちくさい真似《まね》をするわけがない。

公儀にはなにか別の狙いがあって、諏久宇に手を伸ばそうとしているにちがいない。

それがなんなのか、一郎太は知りたくてならない。

「その後、公儀がどういう動きを見せているか、静は知らぬか」

一郎太は静に問いをぶつけた。

「申し訳ありませぬが……」

恥じるように静が顔を伏せた。

「今はまだ、諏久宇を巡る動きがどうなっているかはっきりとわかっておりませぬ。もちろん、父上にも相談しているのですが」

静の父は現将軍である。諏久宇に手を出してはならぬ、との鶴の一声があれば、百目鬼家はたやすく救われよう。

ただし、政《まつりごと》にはまったく関与していない。すべて老中や若年寄などに任せきりである。将軍の頭にあるのは、閨《ねや》だけだという評すらある。

その評の通り、将軍は多くの側室とのあいだに数え切れないほどの子を儲《もう》けた。娘も大勢いる。静は、そのうちの一人に過ぎない。

その静が嫁いだ百目鬼家の窮状に、将軍が興を覚えることなど、まずないのではないだろうか。

「そうか……」

下を向き、一郎太は声を落とした。

「あの、あなたさま」

少しいいにくそうに静が口を開いた。

「なにかな」

顔を上げ、一郎太は静に眼差《まなざ》しを注いだ。

「諏久宇に関して、気がかりなことがございました。ですので、私はあなたさまに使いを出そうかと思っていたくらいでございます」

一郎太にとって意外な言葉だった。

「もちろん、私はあなたさまのお顔を拝見したくてなりませんでしたが、そのこともあって、是非ともおいでいただければと思っていたのでございます」

「そうだったのか」

身じろぎし、一郎太は静に少し近づいた。静のにおいが強まった。

「それで静。諏久宇に関して気がかりなこととは、いったいなんだ」

一郎太は、声が高くならないように、あたりに気を配った。

「諏久宇に関しては、もしかすると桜香院さまが動いているのかもしれませぬ」

「なに――」

我知らず声を張り上げそうになり、一郎太はすぐさま抑え込んだ。

「母上が……」

思ってもいなかったことで、一郎太は一瞬、声をなくした。ごくり、と喉仏を上下させる。

「静、その話をどこで聞いたのだ」

きつい口調にならないように注意して、一郎太は言葉を発した。

はい、と静が首を縦に動かした。

「昨日の昼のことです。私は一人で庭に出て、気に入りの大木のそばでお日さまの光を浴びておりました。そのとき、ふとひそめた話し声が聞こえてまいりました。声がしてきたのは木の反対側でしたので、姿や顔は見えなかったのですが、その声は紛れもなく桜香院さまのものでございました」

「ふむ、それで」

静を凝視しつつ、一郎太は先を促した。間を置かずに静が続ける。

「桜香院さまは腰元を一人お連れになって、お庭の散策をされているようでございました。腰元となにやら話をされていたのでございますが、そのとき諏久宇を差し上げれば、という言葉が、私の耳に飛び込んできたのでございます」

「母上の口からそのような言葉が……」

どういうことだ、と一郎太は思い、うなり声が出そうになった。

——公儀が諏久宇を取り上げようとしている裏に、母上がいたというのか。なにゆえそのような真似をするのだろう。むろん、母上にはなんらかの狙いがあるのだろうが……。

「静、母上はほかになにかいっていたか」

息を入れて、一郎太はたずねた。

「聞こえてきたのは、それだけでした。桜香院さまは、そのまま遠ざかっていかれましたので。申し訳ありませぬ」

「いや、謝らずともよい」

座り直して一郎太はいった。

——それにしても母上は、諏久宇を誰に差し出そうというのだろう。そうすることで、いったいなにを得ようとしているのか。

畳に目を当てつつ、一郎太は腕組みをした。とにかく、と思案する。

——母上が諏久宇を公儀の要人に差し出すつもりでおるのは、まちがいなさそうだ。獅子《しし》身中の虫、獅子を食らうというが、まさか母上がそうだったとは……。

くっ、と一郎太は奥歯を嚙《か》み締めた。

——母上は、なにを企《たくら》んでいるのか。

桜香院に会い、じかに話を聞くしかなさそうだ。しかし、会っても、母上が真実を話してくれるだろうか。

一郎太は、桜香院からひどく嫌われている。命を狙われているくらいなのだ。桜香院は、とにかく次男の重二郎がかわいくてならないのである。

仮にお目にかかったところで、と一郎太は思った。

——母上はなにも話してくれぬであろう。

なにをしに来られたのです、と冷たい目で見られ、足蹴にされるようにあしらわれるのが落ちである。

諏久宇に関して気にかかってしようがないが、桜香院に会うのは、やはりあきらめるしかないのか。

いや、と一郎太は決然として思った。

——ここは、なんとしても母上に会わねばならぬ。母上がこたびの件の元凶であるなら、会ってすべてを問い質《ただ》さねばならぬ。

桜香院との不和など、この際、関係ない。なんといっても、百目鬼家の存亡に関わることなのだ。

自分のことなど、どうでもよかった。

——母上に会い、諏久宇の一件を聞き出さなければならぬ。なんとしてもだ。

一郎太は強い気持ちで思った。桜香院との仲は修復されなくともよいと、感じている。なんとかしたいという気持ちがないわけではないが、一生このままでも構わぬ、との思いもある。

——とにかく、諏久宇を公儀に渡すわけにはいかぬのだ。

「あなたさま、桜香院さまに会われるのでございますか」

一郎太の顔から気持ちを察したか、静が勘よくきいてきた。

さすがは静だ、と一郎太は思った。

「そのつもりだ」

静をじっと見て、一郎太は大きく首を動かした。

「それがようございましょう」

静は、心を弾ませたような表情をしている。

——俺が母上に会うのがうれしいのか。静は、母上と俺が仲直りしてくれたらよいと思っているのであろう……。

相変わらず優しいおなごだな、と一郎太は喜びで胸が満たされた。

「俺が母上に会うとき、静から諏久宇の話を聞いたとは決していわぬゆえ、そこは安心してくれ」

その言葉を聞いて、静がにこりとする。

「ご配慮くださり、かたじけなく存じます」

静が頭を下げた。その途端、一郎太の目に真っ白なうなじが映り込んだ。

一郎太は、喉がうずくような思いを抱いた。静を抱き締めたかった。

しかしそんなことをすれば、おそらくそれだけでは終わらないだろう。静を寝床に横たえることになる。

刻限は、すでに七つ近くになっているにちがいない。いま静を抱けば、夜明け前までに根津の家へ帰れないかもしれない。

――どうする。

考えているあいだにも気持ちが高まり、一郎太は体がうずいた。

一郎太を見る静の目が、潤んでいるのに気づいた。その瞳を見て、一郎太はたまらなくなった。

――もはや我慢が利かぬ。

素早くにじり寄り、一郎太は静をぎゅっと抱き締めた。あっ、と静がかすれたような声を上げた。静の甘いにおいを、一郎太は存分に吸い込んだ。

——夜明けまでに帰れずとも構わぬ。

静をそっと寝床に横たえ、一郎太はやわらかな口を吸った。

静が切なげな吐息を漏らす。自然に一郎太も息が荒くなった。

「うれしい」

一郎太の首に手を回し、静が耳元にささやきかけてきた。その吐息すらも甘く、一郎太は我を忘れた。

「俺もうれしくてならぬ」

怒気を孕《はら》んだ藍蔵の顔が、脳裏をかすめていったような気がした。

それを振り払うようにして、一郎太は静との世界に没入していった。

二

悔いが込み上げてきた。

——やはり仕掛けるべきであったか……。

背中を取ったあの瞬間こそが百目鬼一郎太を亡き者にする千載一遇の好機だったのは、万太夫も解している。

――だが、一郎太から発せられたあの炎のような熱はいったい……。

忍びの頭領であるにもかかわらず、熱のすさまじさに怯《ひる》み、万太夫は攻撃をためらってしまったのだ。

――なにゆえ一郎太の体から、あのような熱があらわれ出た……。

もしあのとき一郎太に斬りかかっていたら、炎に包み込まれ、焼き殺されていたのではないだろうか。

万太夫は、そんな気がしてならない。それほどまでに強烈な熱だった。

――あの男は、わしの知らぬ火焔《かえん》の術を身につけておるのか。

万太夫が習得している火焔の術とは、まったくの別物としかいいようがない。他の忍びを見渡しても、あのような術はまずないのではないか。

――甲賀や伊賀にもあるまい。あるはずがない。これは容易ならぬ。

足を進めつつ万太夫は思った。

百目鬼一郎太が忍びだと、耳にはしていない。それにもかかわらず、あの男はなにゆえあのような術を体得しているのか。

万太夫がこれまで知らなかった忍びの一党が存在し、その一党が持つ術を一郎太は我が物にしているとでもいうのか。

百目鬼一郎太という男は、得体が知れない。なんとも不気味としか、いいようがなかった。

――よもや忍びの頭であるわしが、このような思いを抱かされるとは……。

苦《にが》さが心の奥底から這いずり上がってきて、万太夫は顔をゆがめた。

――わしは百目鬼一郎太を殺したくてならぬ。殺さねばならぬ。

じわじわとくびり殺してやる、と万太夫は思った。

――さすれば、黄龍や四天王たちも浮かばれよう。

ふと、強い風が吹き寄せてきた。土埃が顔に当たったが、夜道を行く万太夫の歩みに変わりはない。夜明けが近くなってきて、寒さもさらに厳しくなっているはずだが、万太夫はなにも感じていない。

――わしは、あの男には負けぬ。わしのほうが遥《はる》かに腕が上だからだ。

それは、今夜の邂逅《かいこう》ではっきりした。

――わしは必ずあの男を殺す。

それは、天によって運命づけられているのだ。あとは、いつあの世に送るか。ただそれだけのことでしかない。

とにかく、と面を昂然《こうぜん》と上げて万太夫は思った。

――今夜は、そのときではなかったということだ……。

百目鬼一郎太とけりをつけるのはまだ早いと、天が告げているのだ。

今夜あの男に出会ったのも、天命であろう。そのおかげで、やつの腕のほども、体から強烈な熱を発することもわかったのだ。

――今はそれで十分だ。敵を知れば、決して後れは取らぬ。

道が四谷仲町《なかちょう》に入った。それから二十間ほど進んだところで、万太夫は足を止めた。築地塀《ついじべい》に囲まれた屋敷を見つめる。

――ここだな。

前に黒岩監物に会ったときに渡された絵図は、この場所を指し示している。向かいに花菜屋《かなや》という珍しい名の小間物屋があるはずだ。

万太夫は、背後をちらりと見やった。そこには、確かに花菜屋という二階建ての商家があった。屋根の上に、店の名を記した扁額《へんがく》がのっている。

――ここだな。

すぐさま心を集中し、万太夫は黒岩屋敷の気配を嗅いだ。

――どうやら監物は眠っておるようだ。

屋敷内に人の気配はいくつも感じられるが、尖っているものは一つもない。穏やかな気配だけが伝わってくる。この屋敷にいる誰もが熟睡しているのだ。

それも当たり前であろう。刻限は、とうに八つを過ぎているのだ。こんな深更に起きているほうがどうかしている。

――しかし監物は、宿直を置いておらぬのか。もしそうなら、不用心この上ない。

通常の武家屋敷では、宿直と知れる気が発せられているものなのだ。

しかしながら、目の前の屋敷からはそれらしい気は一切、感じられなかった。

――いくら監物がうつけ者といっても、宿直を置いておらぬわけがない。宿直は居眠りでもしているのかもしれぬ。

そうにちがいあるまい、と万太夫は確信した。

――それにしても、だいぶ遅くなったな。

それというのも、百目鬼一郎太に出会ったせいである。

もっとも、この屋敷を訪れる刻限が思ったより遅くなったからといって、どうということもない。

監物が、起きて待っているわけではないのだ。もともと、万太夫が今夜、来ることすら知らないのである。

――よし、行くか。

心中でつぶやいて、万太夫は道の両側を見た。相変わらず人影は一つもない。

無造作に築地塀に近づき、万太夫が跳躍しようとしたとき、なにか眼差しのようなものを感じた。

――誰か見ている者がおる。

跳躍をやめ、万太夫はあたりの気配を探るのに力を注いだ。

――わからぬ。

少なくとも今は眼差しを感じない。

――だが、考えてみれば、黒岩屋敷を見張っている者がおらぬとは限らぬ。

もちろん、百目鬼一郎太の手の者であろう。

その者が見張っているとしたら、どこか。

――花菜屋の屋根しかあるまい。

そこが最も黒岩屋敷の人の出入りを見やすいからだ。くるりと体を返すやいなや、万太夫は駆け出した。花菜屋の軒《のき》へと一気に跳び上がり、さらに跳躍して扁額が置かれた屋根の上に乗った。

二階建てだけに、さすがに見晴らしがよく、風がひときわ強かった。屋根を見渡して、むう、と万太夫はうなり声を上げた。

――誰もおらぬか……。

念のために、万太夫は他の家の屋根を見渡したが、そちらにも人影はなかった。

ここで黒岩屋敷を見張っている者がいたとして、万太夫がこの屋根に上がるまでのあいだに、気配をつゆほども感じさせずに逃げられる者がいるとは、とても思えない。

――ここには、端《はな》から誰もおらなんだのではないか。百目鬼一郎太に出くわしたりして、少し気持ちを尖らせすぎていたか。それゆえ、勘ちがいしたのかもしれぬ。

屋根を蹴り、万太夫は音もなく地面に降り立った。さっと通りを横切り、黒岩屋敷の前に立つ。次の瞬間には塀を越え、敷地内に足を着いていた。

そばに、明かり一つ灯っていない真っ暗な母屋が見えている。ほかに建物らしきものの影はない。

この屋敷は、黒岩監物が江戸家老になる前に、手狭な上屋敷に逗留《とうりゅう》するのを嫌って、商家から手に入れたものらしい。

それだけに、さしたる広さがあるわけではないが、母屋自体、どこぞの別邸のような瀟洒《しょうしゃ》な雰囲気を醸し出していた。

——妾宅《しょうたく》といったほうがよい造りだ。

実際に監物が妾《めかけ》を置いているかどうか、万太夫は知らない。

——好色な男だから、置いておらぬはずがなかろう。それに、うなるほど金も持っておることだし。

側室など囲い放題だろう。なんといっても監物は、北山にある寒天を扱う三軒の商家から、莫大《ばくだい》な裏金をもらい、懐にしまい込んでいるのだ。

それもあって、万太夫の側にも少なくない金が渡ってきているのである。

三軒の商家から頂戴した金は六千両ほどだと前に監物はいっていたが、今はさらに増えているだろう。

――おそらく一万両は下らぬ。

それだけの金を、監物はどこに置いているのか。この屋敷だろうか。

――そうではない。

すぐさま万太夫は否定した。ここには金蔵らしいものはない。そのようなところに、大金を置くはずがなかった。

――商家に預けてあるのか。

証書である為替をもらい、現金を商家に保管させるのである。

――いや、強欲で人を信じぬ質《たち》の監物のことだ。そこまで信じられる商家など、ないであろう。

人をまったく信用しない監物が、血もつながっていない他者に、大金を任せるはずがなかった。

ならば、と万太夫は思った。国元の屋敷に金はあるのだろうか。あそこなら広いし、立派な蔵も庭に建っている。

――蔵か……。

そういえば、と万太夫は思い出した。前に監物は、国元の屋敷に金蔵をつくるつもりだといっていた。それも母屋内にである。

莫大な裏金をしまい入れるためだろう。その金蔵は、とうに完成したはずだ。

――監物は、貯《た》め込んだ金を国元の屋敷に置いてあるのだな。

深い闇に佇立《ちょりつ》したまま、万太夫はにんまりとした。

――いつかわしのものにしてやる。

そんな決意を胸に、万太夫は屋敷内の気配を改めて探った。

狭い庭を吹き渡る風が強いだけで、母屋内は静謐《せいひつ》さを保っている。万太夫がここにいるのを覚った者はいなかった。

右手に、庇《ひさし》のついた戸口が見えている。そこから屋敷内に入る気はない。万太夫は再び歩き出し、濡縁《ぬれえん》の設けられている部屋の前に立った。音もなく濡縁に上がり、腰《こし》高障子《だかしょうじ》を開ける。

もし雨戸が閉《た》ててあれば、熔化の術を使うつもりでいた。あの術を用い、雨戸を水のようにすり抜けるのだ。

だが、その必要はなかった。屋敷内の雨戸は、一つとして閉められていなかった。用心している形跡がまるでないのだ。

――この分では、やはりこの屋敷に大金はなかろう。

もっとも、武家屋敷で不用心なのは、ここだけではない。武家の暮らす家は、どこも似たり寄ったりである。

もともと広い屋敷の雨戸をすべて閉めたり開けたりするのは、手がかかる。どの屋敷も、その手間を惜しむことがほとんどなのだ。雨戸をきっちりと閉めるのは、野分《のわき》が来たときくらいではないだろうか。

盗賊に大金を盗まれる武家屋敷があとを絶たないのは、そのためである。

草鞋《わらじ》を脱がずに万太夫は八畳間に足を踏み入れた。後ろ手に腰高障子を閉める。

——さて、監物はどこにおるのか。

素早く八畳間を横切り、眼前の襖を横に滑らせた。畳敷きの廊下が目に入る。

——これを行けばよいのだな。

廊下を歩き出すと、すぐに突き当たった。この付近は、ほんのりとした明るさに包まれている。

——こっちだ。

角を右に曲がると、三間ばかり先に灯の入った行灯《あんどん》が見えた。その横に、一人の侍が端座していた。

今夜の宿直であろう。宿直の背後が、監物の部屋になっているのだ。

足音を立てることなく、万太夫は宿直に近づいていった。廊下に座した宿直は案の定、舟を漕《こ》いでいた。

自らの気配を消さずに、万太夫は宿直の前に立った。

万太夫に気づかず、宿直はうつらうつらしたままである。薄く開いた目は、なにも映じていない。むにゃむにゃと、意味をなさない言葉を口にした。

――この役立たずが。

万太夫はこの手の者を目の当たりにすると、殺してやりたくなる。

――たるんでおる。いったいなんのための宿直だ。

宿直がこうして醜態をさらけ出しているのは、監物自身に緩みがあるからだろう。上の者が自身を律していないと、下の者は途端に心の緊張を欠くことになるのだ。おそらく監物の驕《おご》りが伝わり、家臣の物腰や振る舞いに、如実にあらわれているのではあるまいか。

――わしらは百目鬼一郎太を、いまだに亡き者にできておらぬ。なにもかもがうまくいっておらぬというのにこの有様、監物はもう駄目かもしれぬ。

見放さぬまでも、と万太夫は思った。もはや当てにせぬほうがよい。

――おのれだけが頼りだ。

すっと右手を伸ばした万太夫は人さし指で、とんと宿直の額を突いた。

うっ、とかすかなうめき声を上げた宿直がうなだれ、くずおれて蛇のようにずるずると廊下に横たわった。

いくら役立たずだといっても、殺そうという気にはならなかった。このたるみようは、すべて監物に責任があるからだ。

気を失った宿直をまたぎ、万太夫は腰高障子をするすると開けた。軽いいびきが万太夫の耳に届く。

座敷に明かりは灯っておらず、真っ暗だった。監物は、明るくては眠れぬと前にいっていた。

十畳間とおぼしき部屋には、床の間が設けられていた。もともと、この屋敷の持ち主だった商家の者がしつらえたものではないだろうか。

名字帯刀が許されていない町人が床の間をつくるのは、法度で禁じられているが、公儀の目を盗んでつくる者は、あとを絶たないという。

床の間のそばに掛布団の盛り上がりがあり、男が一人、横になっていた。軽いいびきは、変わらず続いている。

——女はおらぬな。

それだけは意外だった。万太夫は寝所に足を踏み入れ、腰高障子を閉めた。畳を進み、寝床のそばに立って監物を見下ろす。

万太夫に気づくことなく、監物は枕に頭を預けて眠りこけている。武家にもかかわらず、掛布団を当たり前のように使うなど、この男の傲慢さを感じさせた。

しかも、絹の掛布団である。大大名の当主でも使わないような豪華さだ。

――まるで、金があり余った商人も同様ではないか。

万太夫の中で、新たな怒りが湧いてきた。

――奢侈《しやし》に溺れたこのような男のために、わしは黄龍と四天王を失う羽目になったのか。

悔しさが体に充満し、肩のあたりがぶるりと震えた。

――このままくびり殺すか。

今のうちに監物の息の根を止めておくほうが、後腐れがないのではないか。この男がこの世から消えれば、この先すべてのことがやりやすくなるような気がする。

――百目鬼一郎太を殺す前に、この男を殺せば清々《せいせい》しよう。

万太夫はその気になった。だが、すぐさまその気持ちをぐっと抑え込んだ。

――監物など、いつでも殺せる。今はそのときではない。

腰から道中差を鞘《さや》ごと抜き取り、万太夫は畳にどかりと腰を下ろした。重い音が立ったが、監物は目を覚まさない。

――こやつは図太いのか。それとも、ただ鈍いだけなのか。

道中差を畳に置いた万太夫は右手を伸ばし、掛布団ごと監物の体を揺すった。

「おい、起きろ」

はっ、としたように監物が身じろぎした。重たげにまぶたを持ち上げたが、暗さのせいでなにも見えなかったか、むう、とうなっただけだ。

「起きろ」

万太夫はもう一度いった。

「な、何者だ」

おびえたようなかすれ声が返ってきた。闇の中、監物の目が泳いでいる。

「わしだ」

万太夫は監物に向かって、ぬっと顔を突き出した。だが、監物には見えなかったようだ。

「だ、誰だ」

ごくりと喉仏を動かし、うわずった声で監物が誰何《すいか》する。その顔を見て、万太夫は顔をしかめた。

——やはり、こやつは人の上に立つ器ではない。小知恵が回るだけの小賢《こざか》しい男に過ぎぬ。うまいのは金儲けだけだ。

絹の掛布団を使うのも、この男にとっては、当たり前のことに過ぎないのだろう。

——まったく惰弱《だじゃく》な男よ。

「万太夫だ」

はっきりした声音で、万太夫は告げた。

「な、なに」

あっけにとられたような声を、監物が発した。寝床の上であわてたように身動きし、起き上がろうとする。

そばに行灯が置かれており、火打道具も揃っていた。行灯を引き寄せるや、万太夫は手早く灯を入れた。

部屋が明るくなり、天井や壁がほんのりと照らし出される。

その明るさに目をしばたたいた監物が、寝床に端座した。それから両目をごしごしとこすり、かたわらに座っている万太夫をまじまじと見る。

明かりのおかげで、本当にそこに座しているのが万太夫であるとわかったらしく、盛大に安堵の息を漏らした。

「万太夫、よう来た」

寝床の上にあぐらをかき直した監物が、ややかたい笑みを浮かべた。

万太夫はうなずいてみせた。

「わしが江戸に来たのを、おぬしに伝えておこうと思ってな」

「それは苦労であった。万太夫、いつ江戸に着いた」

鷹揚《おうよう》な口調で監物がきいてきた。

「先ほどだ」

「では、着いたばかりか。その恰好《かっこう》で江戸までの道中を来たのか」

万太夫は今も商人のような形《なり》をしている。

「そうだ。なかなか似合っておろう」

ああ、とさして関心もなさそうな顔で監物が答えた。

「万太夫、いつ羽摺りの里を発った」

「一昨日の夜だ」

なんと、と監物が目を丸くする。

「さすがに早いな。たった二日で江戸まで来られるとは……」

「忍びなら当たり前だ」

「そうなのであろうな」

まじめな顔で監物が首肯《しゅこう》した。

「万太夫、一人で来たのか」

「そうだ。だが、後続の者たちもすでに江戸に入っておろう」

「そうか、配下たちは少し遅れて来るのか。万太夫、おぬしは百目鬼一郎太を討ちに江戸に来たのだな」

顔をわずかに寄せて、監物が確かめてきた。そうだ、と万太夫は顎を引いた。

「正しくいえば、黄龍や四天王の仇《かたき》を討ちに来た。死んだ五人の無念を、この手で晴らさねばならぬ」

腹に力を込めて万太夫はいった。

「万太夫の気持ちは、よくわかっておる。五人は、まことに残念なことをした」

しらっとした顔で監物がいった。黄龍たちの死など、虫が潰されたも同然にしか思っていないのが明らかな表情である。

そんな監物を目にして、またしても万太夫の中で怒りが渦巻いた。

――この男、やはりいま殺すか。

憎悪の籠もった目で、万太夫は監物をにらみつけた。万太夫の形相を見て、監物がぎくりとし、尻で後ずさりかけた。

「万太夫、なにゆえそのような顔をする」

監物は、心からおびえている。

――やはり器が小さい。このような男、殺すのも手が汚れそうだ。

「監物どの、どうかしたか」

目から力を抜き、何事もない顔で万太夫は問うた。

「おぬしが、恐ろしい顔をしておったのでな」

額に浮いた汗を、監物が手でぬぐった。

「ふむ、そうだったか」

監物を見て万太夫はいった。身じろぎし、監物が布団の上に端座した。

「ところで万太夫、おぬしは桜香院のことを存じておるか」

気を取り直したように監物が問うてきた。

「むろん、存じておる。百目鬼一郎太の実母ではないか」

「いや、そういうことをいっておるのではない。桜香院が今なにをしようとしているか、知っているかときいたのだ」

万太夫はかぶりを振った。

「知らぬ。桜香院がどうかしたのか」

「あのばあさん、勝手な真似をはじめておるのだ」

「というと」

興を引かれて万太夫はたずねた。

「今、公儀が諏久宇を取り上げようという動きがあるのだが……」

渋い顔で監物が告げる。

「ほう、そのような動きがな……」

万太夫にとって初耳である。諏久宇を取り上げるなど、監物にとっては最悪の事態といってよかろう。

「もしそのようなことになれば、おぬしは頭を抱えるしかあるまい。三軒の寒天の商家から裏金が入らなくなる」

「そうなれば、困るのはおぬしも同じだ。わしから渡っていた金が滞るのだからな」

「その通りだ。金はあって邪魔になるものではないからな」

言葉を切り、万太夫は口調を改めた。

「それで、その諏久宇の一件に、桜香院が絡んでいるというのか」

「その通りだ」

おもしろくなさそうな顔で監物が認めた。すぐに万太夫は続けた。

「百目鬼家の存続のためには、諏久宇という地はなんとしても守らねばならぬのであろう。諏久宇を取り上げようとする公儀の動きに、桜香院がどのように関わっているのだ」

万太夫の問いに、監物が忌々《いまいま》しげに顔をゆがめた。

「桜香院は、諏久宇を公儀に返そうとしているのだ」

「返すだと」

思ってもいない返答だった。

「そのような真似をして、桜香院になにか得があるのか」

「公儀に返す代わりに、重二郎さまを百目鬼家の当主にするように要人たちに頼むつもりでいるようだ」

ほう、と万太夫は声を漏らした。

「重二郎をな……。諏久宇はその贈り物ということか。諏久宇と重二郎の家督相続を引き換えにするなど、桜香院はそれほどまでに重二郎がかわいいのか」

「かわいくてならぬらしい」

強い怒りを隠さずに監物がいった。

「しかしそのような真似をせずとも、百目鬼一郎太を亡き者にすれば、すべて丸く収まるではないか」

「その通りなのだが……」

顔を上げ、監物が鋭い目を万太夫に当ててきた。

「よいか、万太夫」

万太夫を見下すような声で、監物が呼びかけてきた。

「なにかな」

目を光らせて万太夫は返した。

「このような仕儀に陥ったのも、おぬしの配下たちが一郎太殺しをしくじったからだ。そのために焦りを覚えた桜香院が後先考えずに、諏久宇返上を押し進めたのだ」

むっ、とうなり声を上げげて、万太夫は監物を凝視した。

「つまりおぬしは、こういう事態に至ったすべてがわしらのせいだというのだな。先ほど黄龍や四天王の死を悼んでみせたが、あれは口先だけだったというわけだ」

凄《すご》みを利かせた声で万太夫がいうと、監物がぎくりとした顔つきになった。

「いや、あの……」

しまったという表情で、監物がしどろもどろになる。

「済まぬ。失言であった。この通りだ」

万太夫に向かって、監物が深く頭を下げてきた。

――こんな器の小さな男に、腹を立てたところで仕方あるまい。

「まあ、よかろう」

万太夫がいうと、監物が深い息をついた。

「かたじけない。それで万太夫、おぬしに頼みがある」

気を取り直したように監物が語調を改める。

「頼みというと」

それがなんなのか、すでに万太夫は見当がついていた。

万太夫以外、ほかに誰もいないのに、あたりをはばかるように監物が部屋の左右を見た。顔を万太夫に近づけ、声を低くする。

「桜香院をこの世から除いてほしいのだ」

やはりそうだったか、と万太夫は思った。余計な真似をしはじめた桜香院は、監物にとって、もはや邪魔者に過ぎないのだ。

諏久宇に手を出されては、いくら桜香院とはいえ、監物は座視しているわけにはいかない。

「わかった、やろう」

監物を見つめ、万太夫はあっさりと請け合った。

「そうか、やってくれるか」

監物が喜色を露《あら》わにする。万太夫の手を取らんばかりの喜びようだ。

「万太夫。桜香院を亡き者にするのに、どういう手立てを取るつもりだ」

「おぬしが好きな手立てで殺してやる。どんな殺し方をしてほしいのだ」

「できれば、苦しまぬようにしてほしい」

苦汁をなめたような顔で監物がいった。

「諏久宇の一件があるまで、わしらは仲睦《むつ》まじくやってきたのだ。むごい殺し方は、できれば避けてほしい」

「わかった。苦しまぬ手立てを取ろう。いま桜香院は上屋敷におるのだな」

「そうだ」

「ならば、上屋敷で毒殺するのがよかろう」

「苦しまずに逝かせる毒薬があるのか」

「ある」

監物を見つめて万太夫は断言した。

「なんという毒薬だ」

「散須香《さんすこう》という」

「散須香……」

「羽摺りの里に古《いにしえ》より伝わる秘薬だ。夜に飲ませれば、明くる朝には寝床で眠ったように死んでおる」

「そいつはすごい」

監物が感嘆の声を上げた。目がきらきらと輝いている。

「武田信玄公に仕えていた我が先祖は、散須香を用いて敵の武将や、反乱を起こそうとしている家中の武将を密《ひそ》かに殺したそうだ」

「ほう、それはまた、いかにも戦乱の世らしいな」

楽しげに監物がいった。

「散須香を飲んで、血を吐くようなことはないのか」

ない、と万太夫はいい切った。

「自然に死んだようにしか見えぬ。それまで元気だった者が翌朝、目を覚まさずに死んでいたというのは、世間でもよくあることであろう」

「散須香を用いれば、そのような殺し方ができるのだな」

「できる」

深くうなずき、万太夫は小さな笑いを頰に刻んだ。

「散須香は味がするのか。茶などに混ぜても、覚られぬのか」

「さすがにわしも口にしたことはないが、ほとんど無味といわれておる。わずかな量で十分な効き目を発揮する。茶や酒に入れたところで、味のちがいを覚られることはまずない」

「それを聞いて安心した。羽摺りの者はよくそのような薬をつくり出したものよ」

「今の者より、先人のほうがずっと頭がよいのだ」

「そうかもしれぬ。わしなど、先人たちの足元にも及ばぬ」

楽しそうに監物が笑った。万太夫は小さくうなずいてみせたが、その瞬間、妙な気を感じた。むっ、と顔《う》をこわばらせる。

気は、すでに消え失せている。だが、勘ちがいなどではなかった。

――今のは……。

心で首をひねると同時に、万太夫ははっとした。

――花菜屋の屋根には、この屋敷を見張っている者がやはりいたのではないか。その者が屋敷内に忍び込んだのでは……。

万太夫は、畳に置いてある道中差をつかんだ。それを驚きの目で監物が見る。口に人さし指を立てて万太夫は、黙っておれ、と監物に無言で命じた。わかったというように、監物が首を縦に振った。

——床下におるな。

畳の下に、誰かひそんでいるのだ。

——道中差では届かぬ。

どうやら賊は、地面に這いつくばっているようだ。

音もなく立ち、万太夫は道中差を腰に差した。座敷を進み、長押《なげし》にかかっている槍《やり》を手にした。穂先の覆いをそっと外す。

いったいなにをする気だ、という目で監物がこわごわと万太夫を見ている。

——おぬしを刺すような真似はせぬ。安心せい。

万太夫は槍の柄をしっかりと握った。柄はずいぶんとやわらかい。

——もっとかたいほうがありがたいが、監物の愛槍《あいそう》では致し方なかろう。

そろりと畳の上を動き、何者とも知れぬ者がどこにいるのか、万太夫は心を集中して床下の気配を探った。

——そこか。

賊は、部屋の角にある柱の近くにひそんでいるようだ。槍をそっと逆手に持ち替え、万太夫は狙いを定めた。

一呼吸を置き、気合を発することなく槍を畳に突き立てた。どす、という音が立ち、穂先が深々と畳に吸い込まれた。

しかし、万太夫に手応えはなかった。外したか、と思った。

賊が床下を走りはじめたのがわかった。すぐさま槍を引き抜き、ここぞというところに突き刺す。賊の先回りをしたのだが、今度も手応えは伝わってこなかった。

くっ、と奥歯をかたく嚙み締めて、万太夫は槍を引き抜いた。すでに槍を振るう気は失せている。

「やったのか」

監物が、期待の籠もった声できいてきた。かぶりを振り、万太夫は顔をゆがめた。

「この顔を見ればわかろう」

「逃がしたのか」

ああ、と万太夫はいった。

「床下にいた鼠《ねずみ》は、今頃はもう、この屋敷の塀を跳び越えていよう」

「追わぬのか」

「今から追っても追いつけぬ」

「万太夫をもってしても追いつけぬのか」

無念そうな顔つきで監物がいう。

「賊は相当の足の速さなのだな」

「その通りだが、わしには今の鼠を無傷で帰すつもりはない」

「どういうことだ」

眉間にしわを寄せて監物が問う。

「我が配下たちが、すでにこの屋敷を取り巻いておるからだ」

えっ、と意外そうな声を監物が漏らした。

「後続の者たちが、もう揃ったというのか」

「そうだ。今の鼠を我が配下たちがあの世に送るであろう。もし怪しい者がこの屋敷から出てきたら、容赦なく殺すよう命じてある」

「そうか。それならよいのだが……」

吐息を漏らし、監物が万太夫に質してくる。

「賊はいったい何者なのだ」

「しかとはわからぬが、百目鬼一郎太の手の者ではあろう」

「一郎太の手の者……。我らの話を聞かれたのだな」

「まちがいなく。わしとしたことが気づかなんだ」

――花菜屋の屋根から眼差しを感じたというのに、わしは通り一遍の調べしかしなかった。もっとしっかり調べておれば、このような仕儀にはならなんだ……。

おのれの迂闊《うかつ》さに、万太夫は唇を嚙むしかなかった。

「しかし、おぬしの槍をかわしてみせるなど、賊も相当の手練だったのだな」

槍の柄がもっとかたかったら突き損ねるなど、あり得なかった。だが、それもいいわけでしかない。

槍の名人だったら、どんな槍でも一突きにしていたはずなのだ。

――わしの腕が未熟だっただけだ。

頭《かしら》だと威張っていてもこのざまだ、と万太夫は自らを嘲った。

「そうか」

納得のいったらしい声を監物が発した。なにをいっておるのだと、万太夫は監物をじっと見た。

「それほどの手練を飼っておるのは、確かに一郎太しか考えられぬ。だからおぬしは、賊は一郎太の手の者ではないかと、すぐさまいったのか」

「そういうことだ」

重たげな声で万太夫は答えた。監物が言葉を続ける。

「先ほどの賊が一郎太の手の者だとして、もし仮におぬしの配下たちの網をすり抜けて逃げおおせたとしたら、その後、どうするだろうか」

「むろん、百目鬼一郎太のもとに行くに決まっておろう」

「賊から我らの話を聞いた一郎太は、どうするだろうか。桜香院に注進に及ぶか」

「一郎太は、桜香院とひどく仲が悪いとのことだったな。それでも、注進せぬと考えるわけにはいかぬ」

「その通りだ。……まずいな」

顔をしかめて、監物が右手の爪を嚙みはじめた。

「別にまずくもあるまい」

監物を見やって、万太夫はいい放った。

「もしおぬしが桜香院に毒殺の一件を問われたとしても、しらを切ればよかろう。それで済む話だ」

万太夫にいわれて、監物が思案の表情になった。しばらく下を向いて考え込んでいたが、やがて顔を上げた。うむ、と万太夫を見てうなずく。

「その通りかもしれぬ。桜香院に対するいいわけはいくらでも利こう。あのばあさんは与《くみ》しやすい相手だからな」

そうか、といって万太夫は穂先の覆いを拾い、槍に差した。

——飾りも同然の槍では致し方ないか。

万太夫は槍を長押にかけた。

「では、配下たちが賊をどうしたか、見に行ってまいる」

気持ちを切り替えて万太夫は告げた。

「まず殺したとは思うがな……」

「わかった。もし捕らえていたら、ここに連れてきてくれ。どんな者か見てみたいゆえ」

「承知した」

足を進めた万太夫は腰高障子を開け、畳敷きの廊下に出た。

宿直は、気を失ったままである。横たわっている宿直をまたいだ万太夫は、かたわらの行灯に照らされてほのかに明るい廊下を、足早に歩きはじめた。

三

両目を閉じてはいるものの、眠ってはいない。意識はしっかりしている。

こうしてまぶたを下ろしているだけで、心身ともに休める。それを、興梠弥佑は忍びの術を体得して知った。

刻限は、じき八つ半になろうとしている。弥佑は、それを肌で感じている。厳しい鍛錬のたまものといってよい。

こんな深更でも、眠気は覚えていない。長く目を閉じ続けていたおかげであろう。ずっと目を見開いたままだったら、こういうわけにはいかない。今頃は、うつらうつらしていたかもしれない。

――それに、徹夜というのは、たまにはよいものだ。

こうして深更の風に身をさらしていると、心身が研ぎ澄まされるような気がするのだ。

いま弥佑は、花菜屋という小間物屋の二階屋の屋根に腹這いになっている。道を挟んだ向かいの黒岩屋敷を、見張っているのだ。

大勢の家中の者と一緒に滞在する上屋敷という場所を嫌い、黒岩監物が商家から手に入れた屋敷である。

昨日の昼、勘が働き、黒岩屋敷でなにか動きがあるのではないかと、弥佑はここまでやってきたのだ。

だが、これまでのところ、目を引くような出来事は起きていない。ずっと神経を高ぶらせて見張っていたものの、屋敷にいるはずの監物の姿も見なかった。

監物が他出せずに屋敷内にいるのは、まちがいない。それとおぼしき気配を、弥佑は感じ続けているのだ。その監物も、今はもう眠っているはずである。

――このまま、何事もなく夜が明けるかもしれぬ……。

勘は当たらなかったか、と弥佑は思った。別に、それで構わなかった。実際、勘などそう当たるものではない。外れるほうが遥かに多い。

――夜が明けたら、引き上げるとするか。

それまではここを動かずにいようと、心に決めた。

長く同じ姿勢を取っていたせいか、弥佑は腰にわずかな痛みを感じた。

大した痛みではないが、この情けないざまは鍛え方が足らぬゆえだ、と弥佑は思った。

顔をしかめつつ、屋根の上で身じろぎする。少し体勢を変えると、腰が楽になった。

弥佑は吐息を漏らした。

腰の痛みは、ほぼ消えた。弥佑は元の姿勢に戻った。

――しかし、もう一度、しっかりと鍛え直さねばならぬな。このくらいで腰を痛くしていては、使い物にならぬ。徹底して鍛えねばならぬ。

腹這いながら弥佑は決意した。そのとき、不意になにか強い気配を覚えた。

そのせいで一瞬、腰の痛みが戻ってきたような気がした。はっ、として顔を上げたが、次の瞬間には気配はかき消えていた。

――なんだ、今のは。

顔を動かし、弥佑はあたりを注意深く見た。

――誰もおらぬ。

しかし油断はできない。強い気配を感じたのは事実なのだ。屋根の上で、しばらく弥佑は動かずにいた。

――なにも起こらぬな。

むっ、と声を漏らしそうになったのは、誰かがこちらに来るのがわかったからだ。闇に覆われている道を、一人の男が歩いている。ここから一町ほど離れていた。その距離で闇ににじむような人影が見えるのは、やはり鍛錬のたまものであろう。人影を目にしたのは、実に久しぶりだ。夜鳴き蕎麦《そば》や按摩《あんま》ですら、とうに見なくなっている。九つを過ぎた頃に酔客が二人、ふらふらと歩いていったのを見送って以来であろう。

足早に近づいてきた男は、商人のように見えた。旅姿をしており、腰には道中差を帯びている。

――こんな刻限に商人とは。旅に出ており、今夜、江戸に戻ってきたのか……。

そうではなく、これから旅へ出ようとしているのかもしれない。

それならば、この刻限に姿を見るのも合点がいく。早立ちをすれば、宿代などを浮かすことができるからだ。

おや、と弥佑は男を見直した。

——いや、あの男は商人ではない。

弥佑は断じた。足の運びが、常人のものではない。

商人でなければ何者なのか。先ほどの強い気が脳裏によみがえる。

——忍びではないか。

男の歩き方を見て、弥佑は思った。自分も忍びの術を身につけているから、わかるのだ。忍びは、自身の体の重みを消すような歩き方をする。

もしあの男が忍びであるなら、と弥佑は思った。正体は羽摺りの者としか考えられない。

——あの男は、黒岩屋敷にやってきたのではないか。

弥佑は、男をあまりじっくりと見ないようにした。眼差しを覚られかねないからだ。

男が間近までやってきた。案の定というべきか、黒岩屋敷の前で立ち止まる。

——やはり羽摺りの者だ。

弥佑は確信した。その瞬間、男が不意に後ろを振り返り、こちらを見上げた。

——しまった。気づかれたか。

肝を冷やしたが、男が花菜屋の扁額に目を当てたらしいのが知れた。

なにゆえ扁額を見たのか、と弥佑は思案した。すぐに答えは出た。

おそらく、花菜屋という珍しい名の小間物屋が目印になっているのだろう。あの男が黒岩屋敷に来るのは初めてなのだ。

男は足音を立てずに、するすると黒岩屋敷に近づいていった。

――やはり忍びの足の運びだ。

男が塀を越えるつもりでいるのを知り、弥佑は我知らず身を乗り出しかけた。そのとき、不意に男が動きを止めた。

しまった、と弥佑はほぞを嚙んだ。

――眼差しを覚られた。

次に男がなにをするのか、弥佑は意図を察した。

――ここに来る気だ。

思った通りで、体を返すや男が猛然と走り出した。弥佑に、ここで羽摺りの者と対決する気はない。

――俺が、黒岩屋敷を見張っているのを知られるわけにはいかぬ。

腹這いになったまま、屋根をずるずると下がった。素早く屋根を下り、花菜屋のこぢんまりとした庭に降り立つ。

家は雨戸が閉《た》てられており、濡縁《ぬれえん》がしつらえられた部屋が目の前にあった。素早く濡縁の下に身を隠し、うつ伏せたまま頭上の気配を探る。

わずかな風の動きから、男が花菜屋の二階屋の屋根に一気に上がったのが知れた。

──そんな業《わざ》ができるなど、相当の腕の持ち主だ。羽摺りの中でも、上位に位置する者ではあるまいか。

何者だろう、と弥佑は考えた。

──もしや頭か。

かもしれぬ、と弥佑は心中でうなずいた。

花菜屋の屋根に立った男は、眼差しの主を捜している様子だ。

──ここまで降りてくるか。

いつでも刀を引き抜けるよう、弥佑はうつ伏せながら身構えた。

だが、男に本気で捜す気はなかったようだ。眼差しらしいものを感じたのは、勘ちがいだと思ったかもしれない。

重い気が、弥佑の頭上から失せた。男は屋根から道に降りていったのだ。

──気づかれなんだか。

弥佑は密かに安堵の息をついた。縁の下を出て、樹木の生い茂っている花菜屋の庭を横切る。木塀のそばに立ち、外の気配をうかがった。

──よし、誰もおらぬ。

すぐさま木塀を跳び越え、弥佑は花菜屋の脇を通る路地に降り立った。小便のにおいが染みついたような路地を歩き、黒岩屋敷が面している道へと足を進める。

路地の出口で止まった弥佑は再び気配を探り、黒岩屋敷の前をのぞき見た。

そこに男の姿はなかった。黒岩屋敷の築地塀を越えたようだ。

——俺も行くか。

刀の鯉口《こいぐち》を切りつつ、弥佑は黒岩屋敷に近づいていった。

先ほどの羽摺りの者は、多分、監物に会うためにやってきたのであろう。こんな刻限にあらわれた以上、と弥佑は思った。

——密談を行うのではないか。

その中身を、弥佑としては、なんとしても知りたい。黒岩屋敷の前に立った弥佑は中の気配を嗅ぎ、男が近くにいないのを確かめた。

ひらりと跳躍して塀を乗り越え、音もなく着地した。同時に腰を落とし、身構えたが、斬りかかってくる者はいなかった。

すでに男は母屋の中に入ったようだ。

——どこから入っていったのか。

右手に、庇つきの戸口が見えている。男はあれを入っていったわけではない。それは確かである。

戸が開いた音を、弥佑は耳にしていないからだ。強い風が今も変わらず吹き渡っているとはいえ、もしあの戸が開いたのなら、決して聞き逃しはしない。

屋敷の雨戸は、いずれも閉てられていなかった。腰高障子などを開けて、中に入るのは容易である。

——黒岩監物という男は、存外に不用心なのだな。

間が抜けているのか。それとも鷹揚なのか。

——鷹揚に見せているだけかもしれぬ……。

濡縁がついている部屋が、間近に見えている。その腰高障子を開けて、男は中に入ったのではあるまいか。

弥佑が男と同じ真似をするわけにはいかない。ためらいなく濡縁の下に身を入れた。瞬時に、かび臭さに包み込まれる。

だが、この程度のことは気にするほどでもない。肥だめに身を投じることすら、忍びにとって珍しくはないのだ。

頭上の気配を探りながら、闇の中を這うように前進した。弥佑自身、夜目は利く。いくつもの蜘蛛の巣を、顔にかかる前に手でそっと払っていった。

——なにしろ相手は手練だ。用心に用心を重ねねばならぬ。ちょっとした油断が命取りになりかねぬ。

先ほどの男は、本当に何者なのか。こんな深更に訪ねてきて、北山三万石随一の権力者である監物が、腹を立てない男である。

監物は不機嫌にはなるのかもしれないが、それをあの男はまったく気にしていないのではないか。それを考えると、少なくとも、百目鬼家の家臣ではないだろう。

——やはり羽揩りの頭ではないか……。

だとしたら、あれほどの術を誇っているのも当然でしかない。

——しかしもし本当に頭であるなら、もっとすさまじい術をいくつも持っているはずだ。

男の気配は消えたままだが、決して気を緩めることはできない。いつあらわれるか知れたものではない。

——おや。

動きを止め、弥佑は耳をそばだてた。頭上から、かすかな話し声が聞こえてきたのだ。あの男が監物と話しているのではないか。

——きっとそうであろう。こっちだ。

弥佑は声のするほうへ向かった。気は急《せ》くが、決して焦ってはならぬ、と自らに命じた。

気配を毛ほどもあらわすことなく、弥佑は亀のようにじりじりと進んでいった。

もしあの男に気取られたら、密談が聞けなくなってしまう。それだけは、どうしても避けたい。

徐々に近づいていくにつれ、頭上から聞こえてくるのは、二人の人物の話し声だとわかった。二人は、意外なほど遠慮のない話し方をしていた。

――よし、気づかれておらぬ。

これ以上、近づくと、あの男に覚られかねない。そう思ったところで、弥佑は動きを止めた。

――ここでよかろう。

地面に立つ太い柱に身を寄せるようにして、弥佑は聞き耳を立てた。

二人の話を聞いているうち、あの男は万太夫という名であるのが知れた。監物がそう呼んだのだ。

――羽摺りの頭は万太夫というのか……。

さらに話を聞き続けていると、驚いたことに、監物が寒天を扱う商家から莫大な裏金を得ているのがわかった。その額は一万両になろうかという大金だ。

しかも、それだけで話は終わらなかった。さらに弥佑を驚愕《きょうがく》させたのが、監物が桜香院を亡き者にしてくれぬか、と万太夫に頼んだことだ。

――なんと……。

危うく弥佑は気配を漏らしそうになった。だが、幸いにも万太夫には気づかれなかった。

万太夫は話に熱中しているようだ。そして、監物の依頼をあっさりと受けた。散須香という毒薬を使って、桜香院を上屋敷で毒殺するつもりだという。散須香は、羽摺りの里に伝わる秘薬とのことだ。

――やはり万太夫とは、羽摺りの者であったか。

監物と対等な話し方をしていることから、羽摺りの頭であるのもまちがいないようだ。

ここまで話を聞ければ十分だった。

――もう引き上げるほうがよかろう。一刻も早く、密談の中身を月野さまにお伝えせねば。

決して気配を漏らさぬように気を配り、這いずるようにして動き出す。

――むっ。

すぐさま弥佑は動きを止め、耳をそばだてた。二人の話し声が、まったく聞こえなくなったからだ。

なにゆえだ、と心を集中して思案した。頭上の様子を探ってみると、万太夫らしい気配が、畳の上をゆるやかに動いている。万太夫は、床下に気を当ててきていた。

――覚られた。

弥佑はそう判断した。多分、動くのが早すぎたのだろう。もう少し待てば、よかったのだ。気が急いたせいで、気配を覚られたのだろう。

不意に、強い殺気を弥佑は覚えた。こちらの場所がばれたのだ。

──来る。

弥佑は身構え、頭上を見上げた。どす、と畳と床板を貫かれ、瞬時に刃が顔の間近にやってきた。

顔をそむけて、弥佑はかろうじて刃をよけた。鋭い刃は右耳をかすめていった。

背中に、ひやりとしたものを感じた。どうやら一瞬にして脂汗が流れ出たようだ。

万太夫が手にしている得物は槍だった。その槍がさっと引き抜かれ、穂先が弥佑の眼前から消えた。

その隙に弥佑は、姿勢を低くしたまま床下を走り出した。もはや、気配を消している余裕はなかった。

なんとしても、この場から脱出しなければならない。背中で頭上の気配を嗅ぎつつ弥佑は走った。万太夫は畳の上を追ってきているようだ。

またしても弥佑の耳のそばで、どす、と音がした。弥佑がどう動くか、先を読んで槍は突き出されたようだ。

その突きは、顔をかすめるように過ぎていった。弥佑には当たらなかった。

一撃目もそうだったが、今の二撃目も穂先がわずかにぶれて、万太夫が目当てとしたはずの場所からそれたようだ。

槍の柄が甘いのではないか。万太夫の腕前に、槍がついていっていないのだ。おそらく監物の槍なのだろう。

――この機を逃すわけにはいかぬ。

弥佑は床下を風のように駆け抜けた。三撃目の槍は突き出されなかった。

すぐに庭へ出ることができたが、むろん油断はできない。背後に万太夫が迫っているかもしれないからだ。

敷地内を駆けつつ、弥佑は振り返った。後ろに万太夫の姿は見えなかった。母屋を出てきてもいないのではないか。腰高障子が開いていない。

――追う気はないのか。なにゆえだ。

だが、万太夫が追ってこないのは僥倖《ぎょうこう》である。万太夫とやり合っても負けるとは思わないが、今は対決の時ではないような気がする。弥佑は塀をひらりと越え、道に降り立った。

息も継がずに根津のほうへと向かおうとして、すぐに足を止めた。何者かに前後を挟まれているのに気づいたからだ。

姿は見えていないが、満ち満ちている気配からして、相当の数がいるのは明白である。

――何者だ。

自問してみたものの、弥佑の中で答えはたやすく出た。

――羽摺りの者に決まっている。

いつの間に、これだけの人数が集まったのか。弥佑が黒岩屋敷に忍び入っている最中であろう。それまでは、この者たちの気配など一切、感じなかったのだ。

いったいどこから湧いてきたのか、と弥佑は思った。万太夫が、羽摺りの里から連れてきたのかもしれない。

――なるほど、こやつらがいたから、万太夫はあわてて追ってこなかったのだな。少なく見積もっても、二十人はいるのが知れた。それが、道の前後に影のようにひそんでいるのだ。

――羽摺りの者が二十人か……。

その中で、どれだけ腕の立つ者がいるのか。四天王のような強さを持つ者は、さすがにいないのではあるまいか。

だからといって、気を緩めることはできない。最上の腕を持つ者はいないものの、手練と呼ぶべき者までいないと考えるのは、愚か者のすることだ。

その上、すぐに万太夫が加勢にやってくるかもしれない。

二十人が相手でも、と弥佑は思った。

――戦うしかない。戦って、なんとしても切り抜けなければならぬ。

刀を抜くや、弥佑は走り出した。三間ほどを駆けたところで、目の前に二つの影があらわれた。

その二人の忍びが、一間ばかりの距離から苦無《くない》らしい物を放ってきた。

――おもしろい。目に物見せてやる。

弥佑には、この勝負を楽しむだけの余裕があった。あっという間に近づいてきた二つの苦無を、はっきりと目で捉えていた。

刀を振るい、弥佑は苦無を続けざまに弾《はじ》き返した。はね返って宙を飛んだ苦無は、二人の忍びに向かっていく。

次の瞬間、どす、どす、と続けざまに音が響き、二つの苦無が二人の忍びの胸に突き刺さった。うめき声は上げなかったものの、二人の忍びが苦しげに腰を折った。

その間隙を縫うように弥佑は走り抜けた。

――久しぶりに反燕《はんえん》を使ったが、うまくいった。

走りながら弥佑は満足だった。だが、すでに三人の忍びが待ち構えていた。すかさず三人も苦無を打ってきた。

三本の苦無が飛来したとなると、さすがに反燕は使えない。弥佑の斬撃がいくら速いといっても、三本すべてを打ち払うだけのときはない。

体をかがめて、弥佑は二本の苦無をまずよけた。わずかに遅れて飛んできた一本を、左手でがっちりとつかんだ。

そのときには、すでに三人の忍びは弥佑に向かって殺到してきていた。いずれも得物は刀である。

真ん中の一人が宙へ跳び上がり、弥佑を頭上から狙ってきた。

残りの二人は、左右から弥佑を包み込むように迫ってくる。弥佑を間合に入れるや、二人は同時に刀を振ってくるつもりであろう。

咄嗟《とっさ》に左に動いて、弥佑は左側の一人を袈裟懸《けさが》けにした。血しぶきを上げて、忍びが視界から消えた。

弥佑は、頭上から刀を振り下ろしてきた忍びに、手のうちの苦無を投げつけた。さらに姿勢を低くするや、右側にいる一人の斬撃を打ち返し、敵の体勢が乱れたところを上段から刀を落としていった。

弥佑の斬撃は、忍びの顔面にすぱりと入っていった。頭蓋骨を断ったが、ほとんど手応えはなかった。

忍び頭巾がはらりと落ち、顔を二つに割られた忍びがぐらりとよろけた。

そこへ、宙を跳んだ忍びが落ちてきた。その忍びの眉間には、苦無が深々と突き立っている。

どさりと重なった二人の忍びは、もつれ合うようにして地面に倒れ込んだ。それきり、ぴくりとも動かなかった。

そのときには、弥佑は道を駆けていた。左右から六本の苦無が放たれたが、体を開いて四本をかわし、二本を刀で弾いた。

背後からも五、六本の苦無が飛んできた。その気配を感じた弥佑は、体をかがめてそれらをやり過ごした。

一瞬で体を起こした弥佑は再び走り出したが、追いすがってきた者が二人いた。

さすがに忍びだけあって足が速く、弥佑は二人の間合に入ったのを覚った。

さっと振り向き、刀を振るって右側の忍びを斬り伏せた。血を噴き上げて、忍びがのけぞっていく。

返す刀で、下段からの斬撃をもう一人の忍びに見舞った。弥佑の刀は、左側の忍びの腹から胸にかけて、深い傷跡を残した。忍びはその場にくずおれた。

そのさまをろくに見ることなく、弥佑はさらに走った。あっという間に、体がひときわ濃い闇に包み込まれる。

むろん、羽摺りの者たちも夜目が利くのだろうが、すでに弥佑の姿は見えていないのではなかろうか。

追いすがってくる者は、もはや一人としていなかった。

——やったぞ。

二十人の忍びを相手に七人を倒し、ものの見事に危機を切り抜けてみせた。

江戸の町には、相変わらず強い風が吹いていた。その風に乗ったかのように走る弥佑は、身に染みついたかび臭さと脂汗が飛んでいくような心持ちがした。

冷たい風に、かぐわしさすら感じた。

第三章

一

軽々と塀を跳び越え、万太夫は黒岩屋敷の外に出た。

着地した途端、血生臭さを嗅いだ。すぐに顔をしかめたのは、あたりに漂う血のにおいがあまりに濃かったからだ。

一人や二人が流した血ではない、と万太夫は覚《さと》った。

――配下がかなり殺《や》られたのではないか。

床下にひそんでいた者の血のにおいもこの中に含まれていればよいが、ほとんど期待できないような気がした。

——やつはどこにおる。

心を集中してみたものの、気配はまるで感じない。配下に殺されたのか。それとも、すでに遠くに逃げ去ったのか。

——死んだとは思えぬ。逃げ去ったのであるまいか……。

二十人もの忍びに取り巻かれて、その囲みを突破したというのか。

——信じられぬ。いや、やつはまだ気息《きそく》を殺して近くにひそんでいるかもしれぬ。

腰の道中差をいつでも引き抜けるように心構えをしつつ、万太夫は足早に進んだ。

すると、音もなく配下たちが集まってきた。足を止めた万太夫を影のように取り囲み、そばにたたずむ。配下たちは、だいぶ数を減らしていた。

その力ない風情から、万太夫はしくじりを感じ取った。

——やはり逃がしたのだな……。

万太夫が配下の人数を数えてみると、十三人だった。そのうちの七人が、背中に味方を負っていた。

背負われた者は、いずれも息をしていないように見えた。

——あやつを逃がした上に、七人も失ったのか。

「負われている者は全員、死んでおるのだな」

低い声で、万太夫は配下の彦五郎《ひこごろう》に確かめた。彦五郎は、十九人の配下を引き連れて江戸にやってきた男である。

「おっしゃる通りでございます」

済まなそうに目を伏せ、彦五郎が静かに答えた。

「二十人で取り囲んだというのに、あやつを逃がしたのか」

「さようにございます」

無念げに唇を嚙《か》み、彦五郎が認めた。

「歳《とし》若い男のように見えましたが、すさまじいまでの遣い手でございました」

——床下にひそんでいたのは、まだ若い男だったのか。すさまじいまでの遣い手というのに、まちがいはあるまい。あやつは、わしから逃げ去ってみせたのだからな。

顔を上げ、彦五郎が言葉を続ける。

「死んだ七人のうち、苦無《くない》で三人が殺られました」

——なにっ。

万太夫は、彦五郎を見る目を尖《とが》らせた。

「やつは苦無を所持しておったのか」

——気配を毛ほども漏らさずに床下に忍んでいた術といい、苦無といい、やつも忍びなのか……。

「いえ、そうではありませぬ」

どのようなことがあったのか、悔しげに目を光らせながら彦五郎が説明する。

「なんと——」

男が刀で弾《はじ》き返した二本の苦無が、苦無を放った二人の胸に続けざまに突き刺さったというのだ。

さらに男は、自分に向かって放たれた苦無を素手でつかんでみせ、それを投げ返してきたという。その苦無は、味方の額に突き立ったとのことだ。

——あやつは苦無を自在に扱えるのか……。ならば、本当に忍びかもしれぬ。

苦無を思う通りに投げるのはひじょうに難しいのだ。相当の鍛錬を経ないと、狙ったところへ放つことなどできない。

しかも、動きが激しく速い忍びの額に苦無を命中させるなど、相当の手練《てだれ》でも、そうそうできる業ではない。

むう、と万太夫は心中でうなった。

——わしが監物と関わったばかりに、さらに七人もの配下を失った……。金とは引き換えにできぬ者ばかりだ。

万太夫の中で、またしても監物を殺したいという衝動が湧き上がってきた。

——あの男の首根っこをねじ切ってやったら、どんなにすっきりするだろう。

その思いを万太夫は、なんとか胸中で握り潰した。いま監物のことを考えても、意味がないのだ。

——あやつが忍びだとして、いったい何者なのか。

下を向き、万太夫は考えてみた。紛れもなく百目鬼一郎太の一味であろう。

——まさか、一郎太が忍びを飼っているとは思わなんだが……。

面を上げて、万太夫は彦五郎を見つめた。

「やつはどこに行った」

万太夫は質《ただ》した。彦五郎が力なくかぶりを振る。

「わかりませぬ。手前どもも必死に追いかけたのですが、闇に紛れられました」

夜目が利き、常人とは比べものにならないほど足が速い彦五郎たちが、男を見失ったというのだ。

「あの男には、吾兵衛《ごへえ》と蜂弥《はちや》が最後まで追いすがりましたが……」

無念そうに彦五郎が声を途切れさせた。彦五郎が名を上げた二人は、足の速さで特に定評があった。

「もしや吾兵衛と蜂弥は討たれたのか」

仲間に背負われている死骸に、万太夫は目を当てた。そのうちのどれかが二人の骸《むくろ》であろう。

「さようにございます。二人は、あの男に一瞬で斬り伏せられました」

万太夫はうめきそうになった。吾兵衛と蜂弥も、かなりの腕利きといってよかった。その二人をたやすく討てるだけの遣い手が床下にひそんでいたのだ。

――しくじった。

奥歯を噛み締め、万太夫は瞑目《めいもく》した。

――わしがあのとき仕留めておれば、七人は死なずに済んだ……。

監物の槍《やり》の柄がもう少しかたかったなら、と万太夫は思った。穂先は男の背中を貫いていたはずだ。

だがそれも、今さらいっても詮ないことでしかない。

――ともかく、彦五郎たちは責められぬ。しくじったのはわしも同じだ。

その瞬間、万太夫は、かっと体が熱くなったのを感じた。

――わしが、あの者を殺さねばならぬ。必ず殺してやる。配下たちの無念を晴らさねばならぬ。それができるのは、わしだけだ。

深く息を吸い込んでから、万太夫は目を開けた。眼前に、身を固くして彦五郎が立っている。

「あやつを捜し出せ」

瞬《まばた》きのない目で万太夫は命じた。

「承知いたしました」

顎を引いて、彦五郎が万太夫の命を受ける。

「あやつは百目鬼一郎太の一味だ。一郎太の周囲を徹底して見張れ。さすれば、必ず見つかるであろう」

「承知いたしました」

間髪《かんはつ》を容《い》れずに万太夫は続けた。

「よいか、彦五郎。男の居どころを見つけ出しても、決して手を出すな」

はっ、と彦五郎が低頭した。

「わしが殺す。百目鬼一郎太を亡き者にする前に、わしがあの者を血祭りに上げてやる」

必ずだ、と万太夫は思った。自分しかあの者を殺せない。それは今夜、はっきりした。

――待っておれ。必ず殺してやる。

いまだに夜明けの兆しが見えない真っ暗な空を見上げ、万太夫は心で声を張り上げた。

二

空が白みはじめた。

――明け六つか……。

じきに、時の鐘の音が響いてくるはずだ。今朝も冷え込んだ。夜中よりさらに厳しい寒さに江戸の町は包まれている。

そんな中、人々は起き出し、すでに働きはじめている。

大勢の行商人が往来を行き交い、かしましい売り声を張り上げていた。裏店《うらだな》につながっているらしい路地に入っていく者も、少なくない。納豆売りや惣菜《そうざい》売り、塩売りに味噌《みそ》売りなどである。

一郎太の頭上を飛びはじめた鳥たちも、冷え込みなどものともせず楽しげに鳴き交わしている。どこからか、鶏のけたたましい声が続けざまに耳に届いた。

――江戸に暮らす者たちは、鳥たちも含め、実にたくましいな。

一郎太は感心するしかない。誰もが勤勉で、生き生きしているのだ。

――俺も見習わなくては……。

だが正直なところ、できれば一日中、ぼうっとして、なにもせずに過ごしたい。朝もずっとごろごろと寝ていられたら、と常々考えている。

徹夜は昔からどうということもないが、早起きは今も得手とはいえない。歳を経た最近は、朝も人並みに起きられるようになってきたものの、部屋住みだったときはかなり苦労した。

――若い頃は、なにゆえあれほど朝が眠いのか。眠くて眠くてたまらなかった。あれでは、なかなか起きられぬのも道理であろう。

毎朝きっちり明け六つに起こしに来る近習《きんじゅ》が、疎ましく思えることもあった。

まだ暗い道を一人、歩き続けているうちに時の鐘が鳴りはじめた。

よい音色だ、と徐々に明るさを増してきた空を仰ぎ見て、一郎太は思った。夜明けと夕暮れの鐘は風情が感じられて、特に好きだ。

鐘の音が糸を引くように消えた頃、道が根津に入った。それと同時に、一郎太はちらりと背後に目をやった。

夜が明けた直後よりも多くの者たちが通りを歩いているが、剣呑《けんのん》な気配をまとっている者は一人もいない。一郎太に、鋭い眼差《まなざ》しを当ててくる者もいなかった。

――つけている者はおらぬ。それにしても、だいぶ帰りが遅くなったな。

本来なら、一刻《いっとき》前には家に戻っていなければならなかった。七つ頃に家に着いていれば、藍蔵はまだ眠っていたはずである。今はもう、さすがに起きているであろう。

上屋敷で、我慢ができずに静を抱いたゆえに、思い描いていた刻限の帰宅が叶《かな》わなくなったのである。

――致し方あるまい。仲のよい夫婦が睦《むつ》み合うのは当たり前だからな。

すぐに、静との営みのせいで帰りが遅くなったわけではない、と一郎太は思い直した。

――帰りが遅くなったのは、押し込みを成敗したり、羽摺りの頭と出会ったりしたからだ。なにしろ俺は、端《はな》から静を抱く気でいたのだから……。

朝靄《あさもや》がうっすらとわだかまる中、根津の家が見えてきた。夜明けを迎えて、風はだいぶ弱くなっている。

家を目指して足を速めた一郎太は、再び背後に目を向けた。やはり、つけてきている者はいない。

ずんずんと歩き進んで、住処《すみか》の戸口に立った。こちらを見つめてくる眼差しは、まったく感じない。

――羽摺りの者どもは、この家の見張りに戻ってきておらぬのか……。それはよいとしても、頭とおぼしきあの男は、今どうしているのだろう。

四谷に黒岩屋敷があるから、やはり監物に会いに行ったとみるべきなのか。

――考えてみれば、俺は監物の屋敷が四谷のどこにあるのか知らぬ。仮に羽摺りの頭が監物の屋敷に行ったのがはっきりしたところで、俺にはどうすることもできなんだのだな……。

戸を開ける前に一応、家の中の気配を探った。藍蔵のものらしい気配が感じられるだけで、剣呑な気配は覚えなかった。

よし、と思った一郎太は引手に手を当て、戸を静かに開けた。心張り棒は支《か》われていなかった。

深更に一郎太が他出《たしゅつ》して以降、この戸は夜中《よるじゅう》、いつでも外から開けられるようになっていたことになる。

――さすがに無用心すぎるな。深更の他出は控えたほうがよいか……。

素早く土間に入り、一郎太は後ろ手に戸を閉めた。

おや、と首をひねる。家の中に味噌汁のにおいが漂っていたのだ。

――しかも、食いけをそそるにおいではないか。まさか、藍蔵が味噌汁をつくったのではあるまいな。

そんなわけがあるはずがない。藍蔵は味噌汁どころか、湯沸かし一つ、ろくにできない。

それに、一郎太と藍蔵は毎日、世話になっている槐屋《さいかちや》に朝夕の食事をとりに行っているのだ。わざわざこの家で味噌汁をつくる理由がない。

――だったら、なにゆえこれほどうまそうなにおいがしているのだろう。隣の家から入り込んでいるのか。それにしては、においが濃いようだが……。

おっ、と一郎太は目を当てた。土間に、ずいぶんかわいらしい草履が置いてあるのに気づいたのだ。

――おなごの物だな。藍蔵のやつ、俺の留守中に志乃《しの》を引き込みおったか。

味噌汁は、志乃がつくったものかもしれない。中にいる気配を感じなかったことから、志乃はもういないのではないか。

志乃はこの家の大家でもある槐屋の一人娘で、藍蔵と仲がよい。いずれ夫婦になるのではないかと思える仲睦まじさだ。

――この家に味噌は置いておらぬが、志乃が持ってきたのか……。

しかし、なにゆえ志乃がそのような真似《まね》をするというのか。いつもおいしい味噌汁を槐屋で供してもらっているにもかかわらず、今朝に限って味噌汁をこの家でつくる意図がわからない。

ひんやりと暗い廊下を進むと、いきなり藍蔵の部屋の腰高障子《こしだかしょうじ》が開き、首を突き出してきた者があった。

藍蔵かと思ったが、そうではなかった。若い女である。

「お艶《えん》ではないか」

一郎太は目をみはった。なにゆえお艶がこの家にいるのか。

しかも、一郎太はお艶の気配を感じ取ることができなかった。これには心の底から驚いた。だが、足を止めずにお艶の前に進んだ。

「月野さま、おはようございます」

敷居際で、お艶が手をついて挨拶してきた。一郎太はお艶には、偽名の月野鬼一と名乗っている。

「おはよう。だがお艶、そなたはなにゆえここにおるのだ」

不思議でならず、一郎太は質した。一郎太を見るお艶の目がきらきらと輝いている。

こいつはまぶしいな、と一郎太は思った。だが、目をそらそうという気にはならなかった。逆に引きつけられた。

ふふ、とお艶が楽しそうに笑いをこぼした。

「実は、お味噌汁をつくりに来たのです」

「味噌汁を……」

お艶がこしらえたものだったのか、と一郎太は思った。

「こんなに朝早く、お艶はわざわざ味噌汁をつくりにやってきたのか」

「月野さま、こんなにというほど早くはありませんよ。もう六つを回っていますから」

「それはそうだが、お艶、なにゆえ味噌汁をつくりに来たのだ」

一郎太を見て、お艶がにこりとする。

「昨日、とてもおいしいお味噌ができ上がりましてね。春先に仕込んだものですけど、味見したところ、ほっぺたが落ちそうで、これは月野さまど神酒さまに是非とも味わっていただこうと思って、矢も盾もたまらずまいったのです」

ほう、と一郎太は声を上げた。

「春先に仕込んだというからには、味噌はお艶の手造りというわけだな」

「さようです」

よく光る目で一郎太を見、お艶がこくりとうなずく。

「お艶は味噌を仕込めるのか。そいつはすごいな」

「別にすごくもありませんよ」

さらりと答えたが、その言葉とは裏腹に、お艶の顔は自信ありげに見えた。

お艶は、浅草花川戸《あさくさはなかわど》に居を構える山桜《やまざくら》一家が仕切る賭場の壺振《つぼふ》りである。鉄火場を仕事場にしている壺振りと手造りの味噌というのは、どこかそぐわないような気がするが、どうなのだろうか。

「味噌づくりは大変であろう」

一郎太はお艶をねぎらった。

「茹《ゆ》でた大豆を潰すのが大変ですけど、あとはさほどの手間ではありません」

「ほう、そういうものなのか。しかし、そんなにおいしい味噌をつくれるなど、お艶を妻にできる男は幸せ者だな」

一郎太を見上げて、お艶がしなをつくるように身じろぎした。

「いっそのこと、月野さまがあたしの旦那さまになってくれませんか」

「いや、それはできぬ」

間髪を容れずに一郎太は首を横に振った。

「どうしてですか。やはり月野さまにはご新造《しんぞ》さまがいらっしゃるというのは本当なのですか」

挑むようにお艶にきかれ、どう答えようか、と一郎太は思案した。妻が現将軍の娘で、自分に嫁いできていることは、お艶に明かさないほうがいいだろう。なにしろ、自分の正体も明かしていないのだ。しかし、妻はいないと、嘘《うそ》もつきたくはない。

そのとき、くんくんとお艶が鼻を鳴らした。

「月野さまから、いいにおいがいたします。おなごのにおいでございますね」

なんと、と一郎太は声を発しそうになった。さすがに女は鼻が利く。自分には味噌のにおいしか、感じ取れない。

「月野さまは昨夜、もしやご新造さまのところへ行っていらしたのではありませんか」

　答えに窮し、一郎太は黙っていた。お艶がきらりと瞳を光らせる。

「仮にご新造さまでなくとも、月野さまは決まったお方のもとに行ってらしたのですね」

　さすがにお艶だ、と一郎太は感嘆するしかなかった。

　——勘もよいのだな。でなければ、腕扱《うでこ》きの壺振りにはなれまいが……。

「その通りだ」

　お艶の顔をしっかりと見て、一郎太は認めた。それを聞いて、残念そうにお艶がうなだれる。

「やはり月野さまには、ご新造さまがいらしたのですね」

　もはやごまかすようなことではなく、うむ、と一郎太は顎を引いた。

　あの、とお艶が口を開く。

「ご新造さまのお名は、なんといわれるのですか」

「それは……」

「ご新造さまは、どんなお方なのです。どちらにお住まいなのです。歳はおいくつなのですか」

　矢継ぎ早に問われて、一郎太は言葉に詰まった。なんと答えるべきか、と必死に考えているとき、不意に助け船があらわれた。

「月野さま――」

奥から姿を見せた藍蔵が、声を荒らげて廊下を歩いてきたのだ。

「それがしの目を盗んで、いったいどこにいらしていたのですか」

――藍蔵。よいところにあらわれた。

藍蔵を見つめて一郎太は胸をなで下ろした。

――藍蔵にしては、珍しく時宜《じぎ》を得た登場の仕方ではないか。どうやら厠《かわや》に行っていたようだが……。

廊下をずんずんと歩いてきて足を止めた藍蔵に、一郎太は相対した。

「藍蔵、人聞きの悪いことをいうな。俺は、そなたの目を盗んで他出したわけではない。そなたがいびきをかいてよく眠っておったゆえ、起こさなかったに過ぎぬ」

その言葉を聞いて藍蔵が、なんと、という顔になる。

「それこそ人聞きが悪うござる。それがしは、いびきなどかきませぬ」

「いや、盛大にかいておったぞ」

「いびきをかいているなら、この耳に聞こえるはずでござる」

藍蔵が自分の耳に右手で触れる。

「それがしは、これまで自分のいびきを一度たりとも聞いたことがありませぬ」

「あれだけの大いびきが耳に届かぬのは確かに妙ではあるが、そなたはいつもかいておる」

むう、とうなるようにいって藍蔵が眉をひそめた。

「まことにそれがしは、毎晩いびきをかいておるのでござるか」

「かいておる」

一郎太にいわれて、藍蔵が困ったように顔をしかめる。

「月野さま。いびきは体に悪くはないのでござろうか」

「それは知らぬが、いびきをかかぬほうが眠りは深いらしいぞ」

そばにお艶がいるのを忘れ、御典医から聞いたのだが、と一郎太はいいそうになった。

「ほう、さようにございますか」

感心したような声を藍蔵が発した。

「それならば、眠りが深いほうが、体にはよいのでしょうな。それがしは、いびきをかくせいで、昼間によく眠くなってしまうのでございましょうか」

「いびきのせいで昼間に眠けを催すというのは、あり得るかもしれぬ」

一郎太がいうと、月野さま、と藍蔵が一転、険しい声で呼びかけてきた。

「それがしのいびきなど、どうでもよいのでござる。それで月野さまは、どちらに行かれていたのでございますか」

本題に戻ったか、と一郎太は思った。

「月野さまは、ご新造さまのところに行ってらしたのです」

横からお艶が強い口調でいった。

「えっ、静さまのところに——」

このたわけ者が、と一郎太は藍蔵をにらみつけた。

——静の名を口にしおった。

一郎太の形相を見て、藍蔵は失言を覚ったようだ。

「あっ、お名を口走ってしまいました。月野さま、まことに申し訳ありませぬ」

苦い顔をしたものの、一郎太には藍蔵を叱るつもりはなかった。

——口にしてしまったものは、今さらどうしようもあるまい。

座したまま、お艶が一郎太を見上げてくる。

「月野さまのご新造さまは、静さまとおっしゃるのですか。いかにも高貴そうなお名です」

「まあ、そうだな……」

言葉少なく一郎太は答えた。

「静さまは、きっとよい御家《おいえ》の出なのでございましょうね」

静の実家が将軍家だと知ったら、お艶はどんな顔をするだろうか。いや、当然のことと受け止め、お艶は驚かないかもしれない。

不意に、お艶が立ち上がった。さすがに腕扱きの壺振りといってよいのか、優雅な所作である。

「お味噌汁を温め直しますから、月野さま、是非とも召し上がってくださいい。温め直すと風味が飛んでしまって、本来のおいしさはなくなってしまいますが……」

うむ、と一郎太はうなずいた。

「馳走《ちそう》になろう。藍蔵は、もう飲ませてもらったのだな」

「いただきました。とてもおいしゅうございました」

大きな声で藍蔵が答えた。一郎太の耳が痛くなるほどの声だ。

味噌汁の味を思い出したのか、藍蔵は舌なめずりしている。

ふと外に人の気配を感じ、一郎太はそちらを見やった。やわらかな気を覚《おぼ》えている。

——女のようだな。志乃か……。

その直後、ごめんください、と女の声が届いた。

「あれは志乃さんですな」

破顔して藍蔵がいった。

「きっと朝餉《あさげ》ができたのでございましょう」

弾んだ声を上げ、いそいそと藍蔵が戸口に向かった。戸口で志乃と挨拶をかわし、なにやら楽しげに話をしているのが聞こえてきた。少しして、志乃とともに一郎太たちのもとに戻ってきた。

「おはよう、志乃」

志乃の顔を目にするや、一郎太は快活な声を投げた。

「おはようございます」

にこやかに志乃が辞儀してきた。一郎太のそばにお艶が立っているのに気づく。

「あの、そちらのお方は」

にこやかに志乃が問う。見知らぬ者を目の前にして怪訝《けげん》そうな顔をしないのも、不躾《ぶしつけ》な眼差しを浴びせないのも、育ちのよさからくるのだろう。

「お艶という。俺の馴染《なじ》みの壺振りだ」

「壺振り……。さようにございましたか」

生まれて初めて壺振りに会ったにちがいないが、志乃は驚きの顔を見せなかった。

穏やかな眼差しをお艶に向ける。

「お初にお目にかかります。志乃と申します。どうぞ、よろしくお願いいたします」

お艶に向かって、志乃が丁寧に腰を折った。

「艶といいます。こちらこそ、よろしくお願いいたします」

上体をかがめて、お艶がにこりと笑んだ。それだけで、妖しいほどになまめかしい。

志乃がまぶしそうにお艶を見る。

「志乃、朝餉ができたのか」

一郎太は志乃にきいた。はっ、とした顔で志乃が一郎太に向き直る。

「できましてございます。でも、今こちらにはお味噌汁のにおいが立ち籠《こ》めていますね。とてもよいにおいでございますが、お艶さんが朝餉をつくってくださったのではございませんか」

「いえ、あたしがつくったのはお味噌汁だけですよ。もちろん昨日から泊まり込んでいたわけではなくて、お味噌汁をつくるために半刻ばかり前にこちらに来たの」

すぐさまお艶が志乃に伝える。

「ああ、さようでございましたか」

「それに、あたしは料理の類は全然できないし……」

えっ、と志乃が意外そうな面持ちになる。

「お艶さんは、なんでもできそうな感じがいたしますが……」

「志乃さん、ありがとう。お世辞でもうれしいわ」

ほほえんでお艶が軽く腰を曲げる。

「いえ、お世辞などではありません」

ありがとう、ともう一度志乃にいってお艶が一郎太を見る。

「月野さま、あたしはこれで失礼するわね。神酒さま、お味噌汁を飲んでくれてとてもうれしかった」

一郎太と藍蔵に向かって、お艶が深く頭を下げた。

「お艶どの。おぬしのつくった味噌汁はまことにおいしかった」

真剣な顔で藍蔵が告げた。

「それはよかった。つくった甲斐《かい》があったというものです」

「あの、お艶さん」

志乃がお艶をいざなう。

「朝餉がまだでしたら、私どものところで一緒にいかがですか」

「ありがとう、志乃さん」

うれしそうにお艶が礼を口にする。

「でも、気持ちだけ受け取っておくわ。これからちょっと用があるので……」

「ああ、さようですか」

残念そうに志乃がいった。二人の歳はさして変わらないだろうが、慈母のような目でお艶が志乃を見る。

「志乃さんは優しいのね」

「それがそうでもないのです。おとっつぁんを、いつもがみがみと叱りつけてばかりいるのですよ」

「志乃さん、ご両親は大事にしてあげてね」

しみじみとした口調でお艶がいった。お艶はどういう育てられ方をしたのだろう、と一郎太はその顔を見てふと考えた。どんな育ちをすれば、壺振りになるものなのか。

――いずれそのあたりの事情は、お艶から聞けるかもしれぬが……。

「はい、よくわかっております」

はきはきとした声で志乃が答えた。

「おっかさんはもう亡くなっていますので、これからはおとっつぁんをできるだけ大切にするようにします」

「ええ、それがいいわ」

お艶がにっこりとし、廊下を歩き出した。お艶にいざなわれるように、一郎太たちも廊下を進んだ。

土間でお艶がかわいらしい草履を履き、戸を開けて外に出た。

――あのような草履を好んで履くなど、お艶は本当はどこにでもいるような娘なのではないか。

そんなことを思いつつ、一郎太はお艶のあとに続いて外に出た。

最後に土間をあとにした藍蔵が戸に錠をかけ、これでよし、とつぶやく。

「月野さま、ではこれで失礼いたします」

一郎太を見つめて、お艶が丁寧に別れを告げる。

「お艶、また会おう」

力強い声で一郎太はいった。

「ええ、賭場に是非いらしてくださいい」

小さく笑みを見せたお艶が体《たい》を返し、颯爽《さっそう》とした風情で去っていく。その場に立ち、一郎太はお艶の後ろ姿を見送った。

――お艶の肩が、心なしか落ちているような……。

「お艶どのは、どこか寂しそうですな」

一郎太の横に立った藍蔵がつぶやいた。すぐに志乃が言葉を続ける。

「お艶さんは、月野さまをお慕いになっているのではありませんか」

「うむ、そうなのかな……」

お艶のような女に惚《ほ》れられていやな気はむろんしないが、だからといってどうすることもできない。一郎太が側室を置こうという気にならないのは、静一筋だからだ。

もし側室を置く気があれば、参勤交代で国元にいた際、居城の寝所で独り寝などしているはずがない。

——お艶にとって、俺との出会いは忘れられぬものになっているのかもしれぬ。

北山を出奔した一郎太は江戸を目指す途中、信州の山中を通る街道で猪《いのしし》に襲われそうになっていたお艶を救った。それが、二人の出会いである。

——今にも突っかかってきそうだった猪ににらみつけられて、お艶はまるで小娘の如《ごと》く震えておった……。

その後、馬籠《まごめ》に宿を取った一郎太は夜、宿場の賭場を訪れたのだが、驚いたことにお艶がそこで壺振りをつとめていたのだ。

盆茣蓙《ぼんござ》の前に座るお艶の所作は、落ち着いて堂々としていた。賽《さい》を振る仕草も垢抜《あかぬ》けており、まさに練達の壺振りとしかいいようがなかった。

猪に襲われそうになって心細そうに震えていた娘と同じ人物とは、とても思えなかった。

どちらが本当のお艶なのだろう、と一郎太は考えた。

——震えていたお艶のほうが、しっくりくるな。

一郎太の脳裏には、先ほどのかわいらしい草履が浮かんでいる。

徐々に遠ざかっていくお艶から目を離さずにいる志乃が、しんみりとした口調でいう。

「もしかするとお艶さん、なにかあったのかもしれませんね。それで、月野さまのお顔を見たくなって、朝早くにいらしたのではないでしょうか……」

家に帰ってきた一郎太の顔を目の当たりにしたときに、うれしそうにきらきらと輝いた瞳。お艶になにかあり、一郎太に一目会いたかったというのは、確かに納得できるものがある。

——味噌汁をつくりに来たというのは、俺に会うための口実だったか。お艶がせっかくつくってくれた味噌汁を飲んでやらず、申し訳ないことをした……。あとで温め直して飲むとしよう。

いつしか、お艶の姿は一郎太の視界から消えていた。夜のあいだずっと吹いていた風はやんでおり、やわらかな日射《ひざ》しを浴びて、一郎太は暖かさすら感じた。

「月野さま、神酒さま。そろそろ朝餉にまいりましょうか」

遠慮がちに志乃が声をかけてきた。

「うむ、そうしよう。徳兵衛《とくべえ》も待っておろう」

志乃にうなずいてみせて、一郎太は足を踏み出した。徳兵衛とは槐屋のあるじで、志乃の父親である。

一郎太のうしろに藍蔵と志乃が続き、二人は肩を並べて歩きはじめた。

三

槐屋の脇にある路地を進み、一郎太たちは店の裏手に回った。

高い塀に設けられた木戸をくぐり、槐屋の敷地に入る。

「こちらにどうぞ」

志乃の先導で、槐屋の家人たちが暮らす住居に足を踏み入れた。土間で雪駄《せった》を脱ぎ、ひんやりとした廊下を通って、台所横の部屋に赴く。

槐屋の中も、かぐわしい味噌汁のにおいで満ちていた。

——槐屋では、名のある味噌屋から味噌を購《あがな》っているのであろう。においだけなら、お艶の味噌は劣っておらぬ。いや、むしろお艶の勝ちか……。

お艶は味噌造りの名人なのだな、と一郎太は思った。

台所横の部屋には、すでに徳兵衛が端座《たんざ》していた。一郎太たちの顔を見て、柔和に口元を和ませる。

「いらっしゃいませ、月野さま、神酒さま」

床に両手をつき、徳兵衛が頭を下げた。

「徳兵衛、おはよう」

明るい声で一郎太は挨拶した。

「おはようございます」

ふくよかな頬に笑みを浮かべ、徳兵衛が返してきた。藍蔵も徳兵衛に、おはようござる、といった。

「どうぞ、お座りください」

徳兵衛が一郎太と藍蔵に、向かいに座るよう丁寧にいった。

「かたじけない」

会釈して、一郎太は座布団に遠慮なく座した。失礼いたす、と断って藍蔵も一郎太の横に座る。

武家は座布団を使わないというが、今はそうでもない。敷くとやはり楽で、ありがたいことこの上ない。

特に、齢《よわい》を重ねてくると、座布団なしでは座るのが辛《つら》くなってくると聞く。歳を取るにつれ、体が硬くなってくるからであろう。

ただし、目の前に座る徳兵衛は四十代半ばだというのに、相変わらず血色がよく、元気があり余っているように見えた。座布団を敷いてはいるものの、本当は必要ないのではないか。

一郎太たちが座布団を遠慮することがないよう、気を使っているのであろうか。一郎太はそんな気がした。

――徳兵衛という男はまことに大したものだ。立ち居振る舞いは、俺とさして変わらぬ。いったいどこに秘訣《ひけつ》があるのだろう。

一郎太は、徳兵衛という男に感心するしかない。

待つほどもなく、志乃が膳を持って姿を見せた。お待たせしました、といって一郎太の前に膳を置く。

志乃に続いて二人の女中がやってきて、膳を藍蔵と徳兵衛の前に置いた。かたじけない、と藍蔵が女中に礼を述べる。

ひときわ濃い味噌汁の香りと焼き魚の香ばしいにおいが鼻先を漂っていき、一郎太の喉仏が自然に上下した。

主菜は鯖《さば》の塩焼きで、玉子焼の皿がついている。あとは納豆にたくあんに梅干しで、味噌汁の具は豆腐にわかめである。茶碗《ちゃわん》に盛られた飯から、ほかほかと湯気が上がっている。

――相変わらず朝からすごいな。

ほぼ毎日、槐屋で食事をとっているのに、この豪勢さにはいつも目を奪われる。

夜中にずっと起きていたこともあって、一郎太は腹が減っており、唾が湧いた。

「では、いただきましょう」

一郎太と藍蔵にいって徳兵衛が、箸をすっと取った。

「いただきます」

神と仏、先祖に祈りを捧《ささ》げてから一郎太は箸を手にし、最初に味噌汁に口をつけた。

相変わらず、うなりそうになるくらいうまい。

まず出しが素晴らしい。味噌からは大豆の甘みが感じられ、さらに深いこくがあった。北山城主だったときですら、これほどうまい味噌汁は飲んではいない。

もっとも、北山では上質の味噌は使っていなかったはずだ。庶民が口にしている味噌で十分と、一郎太が考えていたからである。

それにしても、と一郎太はお艶の味噌のことを考えた。

――お艶の味噌汁は、いったいどんな味なのだろう。あれだけのにおいなら、うまいに決まっておるが……。

鯖の塩焼きに箸を伸ばす。ほくほくとした身にほどよく脂がのっており、塩気がちょうどよかった。ふっくらと炊き上がった飯との相性は抜群で、一郎太は、給仕をしてくれている志乃に二度、おかわりを頼んだ。

一郎太は志乃に、いつも一緒に食べようといっている。だが小さく笑うだけで、志乃は決してうなずかない。

志乃なりに、信念があるのかもしれない。徳兵衛も志乃に、ともに食べるよう強いることはない。

「そういえば、月野さま――」

空の椀《わん》を膳に置いた徳兵衛が、なにかを思い出したように呼びかけてきた。箸を箸置きにのせて、一郎太は徳兵衛を見つめた。

「昨晩、上富坂町で押し込みがあったそうにございますが……」

上富坂町といえば、と一郎太は思い出した。

――俺が退治した押し込みだ。

「それなら知っておる。両替商の澤野屋であろう。店の者に死人が二人、出たはずだ」

徳兵衛がしげしげと一郎太を見る。

「月野さま、よくご存じでございますな」

横に座している藍蔵がじろりとまなこを回し、一郎太を見つめた。

「もしや月野さまは、その澤野屋の押し込みに関わっているのではありませぬか」

「藍蔵、人聞きの悪いことをいうな」

叱りつけるように一郎太はいった。

「俺が押し込みなどに、関わっているわけがなかろう」

「月野さまが押し込みだと、申しているわけではござらぬ。しかし、月野さまがその押し込みになんらかの形で関わったのは、事実でござろう」

確信を抱いた顔で、藍蔵が決めつけてきた。興味深げな眼差しを、徳兵衛と志乃が
一郎太に注いでいる。

うむ、と一郎太は藍蔵にうなずいてみせた。

「そなたのいう通りだ。実は――」

昨夜の出来事を、一郎太は淡々と語った。

「ええっ」

藍蔵と志乃が、ほぼ同時に驚きの声を発した。徳兵衛だけは平静さを保っている。

徳兵衛は端から知っていたようだな、と一郎太は察した。

「では昨晩、月野さまは押し込みを退治されたのでございますか」

あっけにとられたような顔で、志乃がきいてきた。

「その通りだ」

志乃を見返して、一郎太は首肯《しゅこう》した。

「その後は見ておらぬが、番所の捕手たちが澤野屋に駆けつけ、賊どもを引っ立てて
いったはずだ」

「押し込みを退治されるなど、いかにも月野さまらしいのでございますが、なにゆえ
そのような仕儀《しぎ》になったのでございますか」

目を見開いて志乃がさらに問うてきた。うむ、と一郎太はいった。

「昨夜、道を歩いていると、上富坂町のところで不意に血のにおいを嗅いだ。澤野屋から漂い出てきているのを知った俺はなにが起きたのか覚り、店に乗り込んだのだ」

間を置かずに一郎太は続けた。

「できれば、店の者が害される前に押し込みを退治したかったが、俺が乗り込んだときには、すでに二人が殺されていた。俺が嗅いだ血のにおいは、最初に殺された手代のものだった」

「それは残念でございましたな……」

悲しげな顔の徳兵衛が首を振った。それにしても、と一郎太はいった。

「徳兵衛、押し込みの一件を知るのがずいぶんと早いな」

一郎太は指摘した。ええ、と徳兵衛が軽く頭を下げる。

「澤野屋のあるじの惣助さんとは、長い付き合いでございましてね。今朝早く惣助さんから、昨晩押し込みに入られたと使いがまいったのでございますよ」

——ほう、そうだったか。

一郎太は軽い驚きを覚えた。

——世間は狭いというが、あの両替商と徳兵衛が知り合いとは……。

徳兵衛を見やって志乃が形のよい顎を引く。

「今朝早く、おとっつぁんにお客さまがいらしたのは知っていたけど、澤野屋さんからの使いだったのね」

納得したように志乃がいった。志乃にうなずきかけてから、徳兵衛が一郎太に目を当ててきた。

「澤野屋の使いは、自分たちを救ってくださったお方が月野鬼一さまと名乗ったと申しましてな……」

惣助に請われ、一郎太は確かに自分の名を伝えた。

「それで、まことに月野さまが押し込みを退治した本人かどうか確かめるために、手前は澤野屋の話を持ち出したわけにございます」

徳兵衛がにこりとした。

「月野鬼一さまというお名がこの世に二人もいるとは思えませんし、月野さまの人品骨柄もよく存じ上げておりますので、お名を聞いたときに、もうまちがいないと思ったのでございますが、一応、確かめておくほうがよかろうと思いまして……」

徳兵衛が言葉を切り、茶を喫する。

「しかし月野さま。よくぞ澤野屋を助けてくださいましたな」

感謝の心が籠もった顔で、徳兵衛が礼を述べた。

「当然のことをしたまでだ」

謙遜でもなく一郎太はいった。

「もしくぐり戸が開いておらず、血のにおいが外に漂っておらなんだら、俺はなにも気づかず、前を通り過ぎていたであろうが……」

あれは、と一郎太は思った。押し込みに内通して殺された手代の執念だろうか。

「押し込みに二人の奉公人を殺されたのは悔しくてならないでしょうが、月野さまが店の前を通りかかってくださったのは、澤野屋にとって、まことに幸いでございました」

「ほかに犠牲が出ずに済んでよかったと、心から思っておる」

「ありがたいお言葉でございます」

徳兵衛が深くこうべを垂れた。

「月野さま、まったくお怪我《けが》はありませぬか」

一郎太を気遣い、藍蔵が問うてきた。

「ない、大丈夫だ」

軽く胸を張って一郎太は答えた。

「賊は全部で五人いたが、遣い手と呼べる者は一人もおらなんだ。頭《かしら》が少しだけ遣《つか》えたが、俺との腕の差は明らかだった。俺はかすり傷一つ負っておらぬ」

「それはようございました」

一郎太をしみじみと見やって、藍蔵が安堵《あんど》の息をつく。

「月野さま――」

居住まいを正して徳兵衛が呼びかけてきた。

「澤野屋からは、もし月野鬼一さまという御仁に心当たりがあれば知らせてほしいといわれておりますが、いかがいたしましょう。澤野屋に月野さまのことを知らせても、よろしゅうございますか。是非ともお礼がしたいとのことでございますが……」

徳兵衛にきかれて、一郎太はしばし考え込んだ。

――徳兵衛が親しくしている澤野屋という両替商に押し込みが入り、それを俺が救ったのだ。きっとこれもなにかの縁であろう。

物事に偶然など一つもないと、一郎太は思っている。

――俺が澤野屋を助けたのも、惣助と徳兵衛が親しい間柄だったのも、たまたまというわけではなかろう。

なんらかの意味があるのだ、と一郎太は強く思った。

――天が、結びつけようとしているのではないか。

天意に逆らうなど、できない。

「伝えても構わぬぞ」

点頭《てんとう》した一郎太は徳兵衛に告げた。

「承知いたしました。ありがとうございます。さっそく澤野屋に伝えます。惣助さんは喜ぶでしょうな」

まるで我が事のように、徳兵衛が顔をほころばせた。

その後、茶を喫した一郎太と藍蔵は徳兵衛と志乃に礼をいって、槐屋をあとにした。

家に戻る途中、藍蔵が、月野さま、と気がかりそうに呼びかけてきた。

「五人の押し込みを退治したとおっしゃいましたが、その五人を殺したのでござるか」

藍蔵は、一郎太を思いやる顔をしている。できるだけ人を殺《あや》めたくないと一郎太が考えているのを、知っているのだ。

「いや、殺してはおらぬ」

静かな声で一郎太は伝えた。

「店の者に危害が加わらぬようにするには、刀を使うしかなかった。深手を負わせた賊もいるが、命に関わるような傷ではないと思う。だが、血を流しすぎて命を落とした者もいるかもしれぬ……」

「さようにござるか」

「藍蔵、気を使わせて済まぬ。俺はできるだけ血を見ぬように生きたいと願っているが、どうもそれは許されぬようだ」

「月野さまの宿命なのでございましょうか」

眉間に深いしわを盛り上がらせて、藍蔵がいった。

「そうかもしれぬ」

――血を見なければ生きていけぬ宿命か。

いったいどのような因縁があれば、そういうふうになってしまうのか。

――前世を引きずっておるのだろうか。もしそうなら、くよくよと悩んでも仕方あるまい。なるようにしかならぬ。

一転、一郎太は明るい声を出した。

「藍蔵、ところで、どちらのほうがうまかったのだ」

「どちらのと、おっしゃいますと」

怪訝そうな顔で藍蔵がきき返してきた。

「味噌汁だ」

「お艶どのと槐屋の味噌汁のどちらがうまかったか、でござるか。それは、ご自身で確かめるのがよかろうと存ずる」

「むろん俺はその気でいるが、味見をする前に藍蔵にきいておこうと思ったのだ」

「正直、甲乙つけがたいというのが、それがしの思いでござる」

家に帰ってお艶の味噌汁を飲むのが、一郎太は楽しみでならなくなった。

「そうだ、藍蔵」

あと十間ほどで家に着くというところで、一郎太はさらりとした口調でいった。

「昨夜、羽摺りの頭とおぼしき男と会った」

「ええっ」

驚きのあまり、藍蔵が立ち止まった。まじまじと一郎太を見、喉の奥から絞り出したような声でいう。

「押し込みを退治しただけでなく、羽摺りの頭とも会ったのでござるか。相変わらず忙しいお人でござるな。しかし月野さま。なにゆえそのような大事を、今になって話すのでございますか。もっと早く話してくださらぬと困りますぞ」

「済まぬ、忘れておった」

その一郎太の返答に藍蔵があきれ顔になる。

「いかにも月野さまらしいお言葉でございますなあ。――しかし、羽摺りの頭がついに江戸にやってきたのでござるか」

真顔になって藍蔵がいった。ため息をつくかと思ったが、藍蔵は闘志のみなぎった表情をしている。

「その通りだ。羽摺りの頭は、俺の命を取りに来たのだ」

「それがしが、我が命に替えて月野さまをお守りいたす」

決然とした声でいって藍蔵が顎を上げた。ところで、と口を開く。

「昨夜、月野さまが羽摺りの頭と会ったのは、どういういきさつでござろう」

再び歩き出した一郎太は、すぐさま後ろについた藍蔵に詳《つまび》らかに説明した。

「なるほど、そういうことにございますか……」

吐息とともに、藍蔵が納得したような声を出した。

「しかし、背中を取ったにもかかわらず、なにゆえ羽摺りの頭は月野さまを襲わなかったのでござろう」

「それは、俺にもわからぬ」

一郎太としても首をひねるしかない。

「羽摺りの頭の中で、なにか気持ちの変化があったのだろう」

なるほど、と藍蔵が相槌《あいづち》を打つ。

「しかし月野さま。ご無事でなによりでござった」

藍蔵は、心からほっとした表情をしている。うむ、と一郎太はうなずいた。実際、こうして生きていられるのは、僥倖《ぎょうこう》としかいいようがないような気がする。

「それで月野さま――」

新たな問いを藍蔵がぶつけてきた。

「羽摺りの頭の顔は見ましたか」

「いや、見ておらぬ」

　眉根を寄せて一郎太は首を横に振った。

「羽摺りの頭は、商人《あきんど》の形《なり》をしていた。わかったのはそこまでで、顔はろくに見ておらぬ。見るほどの暇がなかった」

「歳の頃もわかりませぬか」

「四十は過ぎていたと思うが……」

「さようにござるか」

　間を置かずに藍蔵が、月野さま、と呼びかけてきた。

「なにがあるかわかりませぬゆえ、夜間の他出はしばらくお控えくだされ」

　藍蔵の言葉に、一郎太は素直に顎を引いた。

「確かにそのほうがよかろう」

　なにしろ羽摺りの頭領は、妙な術を使うのだ。今は、わざわざ虎穴に飛び込むような真似はせずともよい。

　いずれ、まちがいなく羽摺りの頭は姿を見せるはずである。そのときに備えておくのが良策ではないだろうか。

四

一郎太たちは家に着いた。鍵を使い、藍蔵が戸の解錠をする。

かちゃりと小気味よい音が、一郎太の耳を打った。藍蔵が戸から錠を外す。

「藍蔵、しばし待て」

戸を開けようとする藍蔵を、一郎太は制した。精神を集中し、家の中の気配を嗅ぐ。

――誰もおらぬか……。

だが、なにか妙な気がしないでもない。

――これはなんだ。

「誰かひそんでおりますか」

ささやくように藍蔵が問う。一郎太はかぶりを振った。

「正直、わからぬ。藍蔵、とにかく入ろうではないか。ずっとここにおるわけにもいかぬ」

いつでも刀を引き抜けるように一郎太は鯉口《こいぐち》を切り、腰を落とした。それを見て、藍蔵が一郎太に小声で告げる。

「では、開けますぞ」

引手に手を当て、藍蔵が戸を滑らせる。間髪を容れずに一郎太は土間に足を踏み入れた。

やはりなにか妙だ、と一郎太は感じた。土間で雪駄を脱ぎ、暗い廊下に上がり、そろそろと進んだ。

──胡乱《うろん》な気配はせぬが……。

むっ、と一郎太は心中で声を漏らし、腰高障子の前で足を止めた。自分の部屋の中に、人の気配を感じたのである。

振り返った一郎太は藍蔵に、誰かいる、と指で腰高障子を差して合図した。

わかりました、と藍蔵が無言で返し、刀の柄《つか》に右手を置いた。目つきが、戦う者のそれになっており、藍蔵からはぴりぴりとした殺気が感じられた。こういうときの藍蔵は頼りになる。

──さて、何者なのか。やはり羽摺りの者だろうか。だが羽摺りの者が、気配をこれほどまでに露《あら》わにするものなのか。

自らに気合をかけて一郎太は手を伸ばし、腰高障子をからりと開け放った。

部屋の真ん中に、一人の男が端座していた。つぶらな瞳が一郎太を見上げている。

一瞬、一郎太はそれが誰かわからなかった。柳のようにほっそりした体つきをしていた。

「弥佑ではないか」

一郎太は驚きの声を上げた。瞬時に肩から力が抜ける。

後ろから部屋をのぞき込んだ藍蔵も、弥佑の姿を目の当たりにして、びっくりしている。一郎太の肌を刺していた殺気が消えた。

「お留守中に勝手に入り込んでしまい、まことに申し訳ありませぬ」

弥佑が深く頭を下げた。佩刀《はいとう》が横に置いてある。

「いや、謝するに及ばぬ。弥佑なら、いつ来てもらっても構わぬ。留守に上がり込んでも文句は一切ない」

「ありがたきお言葉にございます」

両手をつき、弥佑が平伏する。

「弥佑、俺にそのような真似はせずともよいのだ。今の俺は、ただの浪人に過ぎぬ」

「いえ、そういうわけにはまいりませぬ。月野さまは、今も変わらず、それがしの主筋に当たるお方でございます」

藍蔵の父親の国家老神酒五十八の小姓《こしょう》だった男である。すぐに弥佑が言葉を継ぐ。

「この家に上がらせていただくに当たり、何者かが忍び込んでおらぬか、調べさせていただきました」

弥佑ほどの遣い手が家の中を見て回ってくれたというのは、実に心強い。

「怪しい者はおらなんだか」

「はっ、おりませんでした」

それを聞いて一郎太は表情を和ませた。

「それはよかった。しかし弥佑、いったいどこから入ったのだ」

弥佑が畳を指さす。

「床下にございます」

「そうであったか。戸口の鍵など、忍び込みの術を会得している者には、なんの妨げにもならぬのだな」

「おっしゃる通りでございます」

にこやかな笑みとともに弥佑が答えた。

「それで弥佑、なにかあったのか」

腰の刀を鞘《さや》ごと抜いて、一郎太は弥佑の向かいにあぐらをかいた。刀を自らの右横に置く。一郎太の斜め後ろに藍蔵が座った。

「ございました」

一郎太を見つめて弥佑が肯定する。

「急を要することでしたので、いつもの手立ては取りませんでしたが……」

なにかあった際に、一郎太と弥佑とのあいだでつなぎを取り合う方法がある。天栄《てんえい》寺《じ》という寺に大楠《おおくす》があり、その洞《ほら》に文を置いておくというものだ。

「それで弥佑。急を要することとはなにか」

身を乗り出して、一郎太は質した。はっ、と答えて弥佑が表情を引き締める。

「羽摺りの頭が江戸にあらわれました」

「うむ、存じておる」

一郎太が平静な声で答えると、えっ、と弥佑が意外そうな顔になった。

「ご存じでございましたか。もしや、羽摺りの頭が月野さまの前にあらわれましたか」

「いや、そうではない」

かぶりを振った一郎太は、昨夜の出来事を弥佑に語った。

「なんと――」

いつも冷静なはずの弥佑が、わずかに腰を浮かせた。すぐに端座し直す。

「では月野さまは、昨夜、羽摺りの頭とばったり出くわしたのでございますか」

「まさか俺もあのような場所で羽摺りの頭と会うとは、つゆほども思っておらなんだ。その後、羽摺りの頭は四谷の黒岩屋敷を訪れたのだと思うが……」

「おっしゃる通りでございます」

確信のある顔でうなずき、弥佑が背筋を伸ばした。

「もしや弥佑は昨夜、黒岩屋敷を見張っていたのではないか。羽摺りの頭が黒岩屋敷に入っていくのを見たのだな」

「見ました」

「羽摺りの頭の顔を見たか」

「見ましたが……」

困ったように弥佑が体を小さくする。

「深い闇に包み込まれていたのに加え、あの男の顔かたちはどうにも捉えどころがなく、どのような顔をしていたのか、正直、それがしにはわかりませぬ」

練達の忍びには、その手の者が多いという。別れてしばらくしたら、どんな顔をしていたか、さっぱり思い出せないらしいのだ。

「ならば弥佑、人相書を描くのは無理か」

「それがしには絵筆の心得はまったくありませぬが、仮にあったとしても、人相書を描けるほど羽摺りの頭の顔をじっくり見たわけではありませぬ」

それはそうだろうな、と一郎太は思った。そんな真似をしたら、眼差しを気づかれかねない。

「そなたから人相を聞き、羽摺りの頭の人相書を描くつもりだったが……」

「申し訳ございませぬ」

ゆえ、羽摺りの者であろうと目星をつけただけでございます」

「いえ、わかりませんでした。身ごなしから相当の手練であるのは伝わってきました
「黒岩屋敷にあらわれた男を見て、羽摺りの頭だとすぐにわかったのか」

ふむ、といって一郎太は腕組みをした。弥佑、と呼びかける。

「いや、謝らずともよい」

ではないか、と思いまして……」
「羽摺りの男を追って黒岩屋敷に忍び込みました。羽摺りの者と監物が密談をするの
「羽摺りの頭が黒岩屋敷に入っていくのを見て、その後、弥佑はどうした」
そうか、と一郎太はいった。

期待を抱いて一郎太は問うた。

「弥佑は、二人の密談を聞いたのか」

のすぐそばに、気配を覚られることなく近づいてみせたのである。
さらりと弥佑が答える。やはり弥佑は手練だな、と一郎太は感心した。羽摺りの頭
「聞きましてございます」

ほう、と一郎太は嘆声を上げ、すかさずきいた。

「密談の中身から、羽摺りの頭の名も知れましてございます」

顔を上げ、弥佑が言葉を続ける。

「羽摺りの頭の名はなんという」

「万太夫でございます」

誇らしげに弥佑が答えた。

「監物がそう呼んでおりました。名字までは、わかりませんでしたが……」

「そうか、あの男は万太夫というのか」

羽摺りの頭の商人然とした身なりを、一郎太は思い出した。

「弥佑、二人の密談から、ほかにどのようなことが知れた」

はっ、と弥佑がかしこまる。

「桜香院さまのお命を縮めるように、監物が万太夫に頼み込んでおりました」

驚愕《きょうがく》の言葉を弥佑が口にする。

「なんと――」

一郎太は目をみはった。後ろで藍蔵が大きく身じろぎしたのが知れた。

「監物が母上を……」

監物と桜香院の二人は昵懇《じっこん》の仲といってよい。それなのに、監物が桜香院の命を狙うというのか。

「万太夫は、上屋敷内で散須香という毒を用い、桜香院さまを亡き者にするつもりでございます」

「毒を……。しかし監物が母上を殺《あや》めようとするなど、正直わけがわからぬ。弥佑、なにゆえそのような仕儀になった」

弥佑を見つめて、一郎太はたずねた。弥佑がよく光る目で見返してくる。

「月野さまは、諏久宇の地が公儀《こうぎ》に取り上げられるかもしれぬことは、ご存じでございますね」

「知っておる」

今回の諏久宇の一件に桜香院が関わっているらしいのは、昨夜、静から話を聞いてわかっている。桜香院は、諏久宇を差し上げれば、といっていたというのだ。

弥佑からは、それ以上のことが聞けそうだ。

「弥佑、続けてくれ」

うなずきかけて一郎太は促した。

「桜香院さまは、月野さまの弟御の重二郎さまを百目鬼家の家督の座につけることと引き換えに、諏久宇の地を公儀に返上するおつもりなのでございます」

——そういうことだったか。

一郎太は納得がいった。

——母上が差し上げるといったのは、そういうことだったのか。やはり公儀の要人に諏久宇を差し出す気でいらしたのだな……。

母上は、と一郎太は思った。重二郎かわいさにそのような真似をしていたのか。諏久宇は百目鬼家にとって、肝心要の地である。もし諏久宇を失ったら、百目鬼家は確実に立ち行かなくなる。

まず年貢を上げなければならなくなり、それを農民たちから目こぼしすることなく厳しく取り立てなければならない。城下の商家からも、御用金を召し上げる必要に駆られる。

もしそのような事態に陥れば、苦しむのは領民である。北山領には、怨嗟《えんさ》の声が満ちるだろう。

母上に限らず、と一郎太は思った。大事な者のためとなると、人というのはまわりが見えなくなることが少なくないようだ。

――俺もきっと同じだ……。

そうならぬよう心して生きねばならぬ、と一郎太は思った。

「母上のせいで諏久宇という二つとない大事な土地を失うかもしれぬがゆえ、監物は母上のお命を縮めようというのか」

一郎太は弥佑にたずねた。

「いえ、そうではありませぬ」

すぐさま弥佑が否定する。

「監物は、寒天を扱う三軒の商家から裏金を得ているのでございます。いずれも北山城下の商家のようでございますが……」

その言葉を聞いて一郎太は瞠目《どうもく》したが、同時に、そういうことだったのだな、と合点がいった。

──だから監物は俺の命を狙ったのか。

まだ北山城主だったときに一郎太は、寒天の金の動きがどうなっているか、自ら調べようとした。

しかし全容が判明する前に、監物が放った家中の刺客たちに襲われたのだ。そのときに寵臣《ちょうしん》だった伊吹進兵衛を討ち、その父である城代家老の勘助を死なせる羽目になった。その後、一郎太は北山を出奔したのである。

──年貢半減令を出したために、俺は命を狙われたのではなかったのだ……。

寒天で得た莫大《ばくだい》な裏金という事実が露見するのを恐れ、監物は一郎太の命を縮めようとしたのである。

──監物は、年貢半減令を隠れ蓑《みの》にしたに過ぎぬのか。許せぬ。

頭に血が上り、一郎太は声を上げそうになった。拳にぎゅっと力を入れ、すぐさま冷静さを取り戻す。

──寒天から莫大な裏金を得ている監物にとっても、諏久宇は命に替えても守らねばならぬ地なのだな。

城下の三軒の商家も寒天を失えば、店が潰れかねないだろう。裏金をもらっている以上、監物には三軒の商家を守るという密約があるにちがいない。

だからこそ、監物は桜香院を亡き者にするしか手立てがないのだろう。

——諏久宇を公儀に返上するという動きを止めるためには、今は母上を亡き者にするしか道がないのだ。

これまでいくたびも自分の命を狙われてきたが、一郎太には監物をどうこうしようという気はなかった。だが監物は万太夫に、一郎太の実母である桜香院の命を奪うように依頼した。

——さすがに看過できぬ。

正直、一郎太は桜香院との仲がよくない。実母にもかかわらず、まったく馬が合わないのだ。だからといって、実の母が殺されようとするのを見過ごしにできるはずもない。

ここまで事態が進んでしまえば、と一郎太は思った。

——監物を罰せぬというわけにもいかぬ。寒天の裏金もある。

どうすればよいだろうか、と一郎太は思案した。今すべきは、桜香院を救うことであろう。あまり時がないはずだ。急がなければならない。

——万太夫を見つけ出し、退治できればよいが、そうそううまくはいくまい。

ならば、桜香院に会い、まずは警《いまし》めを与えるしかないだろう。

——果たして俺の言葉を信じてくださるかどうか、わからぬが……。

とにかく、と一郎太は決然と思った。今は桜香院に会う以外、手立てはない。

不意に強い眼差しを一郎太は感じた。面を上げ、弥佑を見返す。

それを潮にしたかのように、弥佑が口を開いた。

「もしや月野さまは、上屋敷の桜香院さまのもとにいらっしゃるおつもりではございませぬか」

ほう、と一郎太は心中で嘆声を放った。

——心を読まれたか。さすがに弥佑だ。

弥佑を見つめ、一郎太はうなずいてみせた。

「うむ、その気でおる」

一郎太の答えに、背後の藍蔵が身じろぎした。一郎太が桜香院に会う気になったのに、驚きを覚えたのだろう。

「それでしたら、それがしも上屋敷までお供いたしましょうか」

やや前のめりになって、弥佑が申し出る。いや、と一郎太は首を横に振った。

「そなたは万太夫がどこにいるか、捜し出してくれぬか」

一郎太が頼み込むようにいうと、瞳に鋭い光をたたえて弥佑が顎を上下に動かした。

「承知いたしました」

「弥佑、万太夫を捜し出せるか」

一郎太も身を乗り出してきいた。

「できると思います」

自信ありげに弥佑が答える。

「万太夫を見つけ出したら、月野さま、いかがいたしましょう」

「まずは俺に知らせてくれぬか」

「わかりました」

なにかを思案するように、不意に弥佑が顔を伏せた。考えがまとまったか、すっと顎を上げる。

「それがしが万太夫を見つけ出し、月野さまに知らせるまでもなく殺れると踏んだら、殺っても構いませぬか」

気負うでもなく、平静な顔で弥佑がきいてきた。一郎太は弥佑を見据えた。

「弥佑は万太夫とやり合いたいのだな」

「やり合いとうございます」

言葉短く答えたが、弥佑の思いが面にはっきりとあらわれていた。

「それがしは、あの男となんとしても雌雄を決したく存じます。床下にひそんでいたところを気づかれ、命からがら逃げ出した借りを、返したく存じます」

——床下から逃げ出したか……。そんなことがあったのだな。

心の中で一郎太は目をみはった。練達の忍びにもかかわらず、万太夫に気配を覚られたのが、弥佑は腹に据えかねているようだ。

そうか、と一郎太は冷静な声でいった。

「弥佑にそれだけの気構えがあるのなら、むろんそうしてもよい。むしろ俺としてはのちの禍根を除くために、万太夫を殺してほしいくらいだ。ただし弥佑、決して無理はせぬようにな。おのれの命こそが第一と、肝に銘じておいてくれ」

「よくわかっております」

謹直そのものの顔で弥佑が応じた。

「それならよいのだ……」

だが、一郎太には危惧があった。常に落ち着き払っているように見えるが、弥佑はまだ若い。その若さに任せて、突っ走ってしまうのではあるまいか。

——しかし、今は弥佑を信じるしかあるまい。それに、弥佑ほどの腕なら、まことに万太夫を討てるかもしれぬ……。

よし、と一郎太は自らに気合をかけるようにいった。

「上屋敷にまいるとするか」

畳の上の刀をつかみ、一郎太は立ち上がった。佩刀を手にして弥佑も腰を上げた。

一郎太の背後で藍蔵も立った。

「では月野さま、神酒さま。それがしはこちらで失礼いたします」

一郎太と藍蔵に向かって弥佑が低頭する。

「こちらで……」

弥佑の言葉の意味を測りかねたか、藍蔵が不思議そうにつぶやく。

にこりとして弥佑が藍蔵を見る。次の瞬間、素早くかがみ込み、手のひらで軽く畳を叩《たた》いた。ばん、と小気味よい音が立ち、一枚の畳が、風にあおられた木の葉のように起き上がってきた。

おっ、と一郎太は瞠目した。弥佑の手に、畳が吸いついたようにしか見えなかった。この手の技があるのはむろん知っていたが、目の当たりにするのは初めてである。

畳が起き上がっているあいだに一枚の床板を取り除き、できた隙間へ弥佑が身をさっと入れた。ほぼ同時に畳がばたりと倒れ、元の場所にすっぽりとおさまった。

床下にかがみ込んだ弥佑の姿が、一瞬で見えなくなった。

床下に入った弥佑の気配を、一郎太はすでに嗅ぐことができなかった。弥佑は、いま床下を外に向かって動いているのではあるまいか。

——この無いも同然の気配を、万太夫は覚ったというのか。

さすがに羽摺りの頭である。とんでもない遣い手としかいいようがない。

それでも、勝つのは俺だという一郎太の確信に揺らぎはない。

「弥佑どのはすごい手練でござるな」

感極まったように藍蔵がいった。

「まったくだ」

一郎太は同意するしかない。

「もうこの家の外に出ましたかな」

「今頃は、往来をなにもなかった顔で歩いておろう」

「そうかもしれませぬ。弥佑どのが床下から出ていったのは、羽摺りの者に姿を見られぬように心を配ったゆえでありましょうな」

「なんの気配も眼差しらしきものも感じぬとはいえ、この家が羽摺りの者どもに見張られておらぬとは、弥佑も考えてはおらぬだろうからな」

「確かに」

間を置かずに藍蔵が首肯してみせる。

一郎太は畳をじっと見た。弥佑がやったように畳をぱんと手のひらで叩いた。だが、畳は微塵《みじん》も動かなかった。

「やはり、なにかこつがあるのだな」

「それはそうでありましょうな」

そのうち会得してやる、と一郎太は思った。

「よし、俺たちも外に出るとするか」

その言葉を聞いて藍蔵が、おっ、と目を丸くする。

「月野さま、ではそれがしも連れていってくださるのですな」

「当たり前だ。来るなといっても、そなたはついてくるであろう」

「当たり前でござる」

胸を張って藍蔵がいった。

「それがしは、地獄の果てまで月野さまについていく覚悟にござる」

「地獄か……」

「我らは互いに血にまみれておりもうす。極楽には、まず行けぬでありましょう」

「その通りだな。地獄では羽摺りの者たちとは仲よくしたいものだが……」

「それはまず無理でございましょうな。地獄でもやつらは戦いを挑んでまいりましょう」

「そうかもしれぬ」

部屋をあとにした一郎太たちは、廊下を歩いて戸口に向かった。土間で雪駄を履き、家の外に出る。

見上げると、いかにも真冬らしく空は晴れ渡り、雲一つなかった。やや強くなってきている風はさすがに冷たく、震え出しそうである。

――しかし、この空の青さこそが江戸だな。

寒いのは大嫌いだが、冬は雨がほとんど降らないのが一郎太にはありがたい。

道に出る前に一郎太はあたりの気配を嗅いだ。ふむ、と胸中でうなずく。

――相変わらずこの家を見張っておる者は、どこにもおらぬようだ。

万太夫が江戸に来たというのに、これはいったいどうしたわけか。

――この家を見張らぬことに、なにかわけがあるのか。

もっとも、見張りがついていないのは、重しがついていないのも同然で、身軽に動ける感じがある。

「では藍蔵、まいるとするか」

冷たい風を深く吸い込んで、一郎太は藍蔵をいざなった。

「承知してござる」

大勢の人たちが行き交っている往来に、一郎太たちは出た。

市谷加賀町を目指す。

五

半刻のち、一郎太と藍蔵は市谷加賀町に入った。

ここまで来る途中、妙な目を感じたり、殺気を覚えたりするようなことは一度たりともなかった。

すでに一郎太は、視界に百目鬼家の上屋敷を捉えている。

「月野さま、どういたしますか」

一郎太の横を歩きながら、藍蔵が小声できいてきた。藍蔵は、一郎太が表門から訪《おとな》いを入れる気でいるのか、案じているのだ。

「さすがに正面から堂々と入るわけにはいかぬな」

足を止めずに一郎太は答えた。自分は、今は参勤交代で北山城にいることになっている。いきなり一郎太があらわれたら、上屋敷の者たちは驚き、あわてふためくにちがいない。

それに、上屋敷は監物が権力を掌握し、抑え込んでいるはずである。一郎太が姿を見せたことを、監物に注進に及ぶ者も必ず出てくるであろう。

——そのときに監物がどう動くか、見物ではあるが……。

あと二十間で上屋敷というところで、一郎太は立ち止まった。後ろから藍蔵がささやきかけてくる。

「月野さま、では忍び込むのでござるか」

「それしかあるまい」

言葉少なく一郎太は答えた。

「月野さま。それがしも、ついていってよろしいでしょうか」

「駄目だ」

にべもなく一郎太は断った。

「なにゆえでございましょう」

心外だという顔で藍蔵がきいてくる。藍蔵はがさつそのものだからだ、とは一郎太はさすがにいえない。

——深更でも屋敷の者に気づかれかねぬのに、まだ日のあるうちなら、なおさらだ。

顔を上げ、一郎太は藍蔵に告げた。

「そなたには大事な務めがあるからだ」

「ほう、どんな務めでござろう」

興味津々の表情で藍蔵がきいてきた。その顔を見て、素直でかわいい男だな、と一郎太は思った。その思いを外に出さず、あえてまじめな顔をつくる。

「怪しい者が俺を追うように上屋敷内に入ってこぬか、このあたりで見張っていてくれ」

真摯な口調で一郎太は頼み込んだ。藍蔵が眉根を寄せる。

「怪しい者というと、やはり羽摺りの者でござろうか」

真剣な顔で藍蔵がきいてきた。

「その通りだ」

「もし羽摺りの者が月野さまを追って上屋敷に忍び込んだら、いかがすればよろしいか」

「そのときは、そなたも上屋敷に忍び込んでくれ。やれるのなら、その者を討ち果たしても構わぬ。ただし、ここにそなたがいることを怪しい者に気づかれぬよう、気を配るのだ。承知か」

「はっ、承知いたしました」

藍蔵が深々と低頭する。

「では、行ってまいる。藍蔵、くれぐれも俺の背後を頼んだぞ」

上屋敷の塀がほかより少し低くなっているところまで歩いた一郎太は、道の左右に人けがまったくないのを確かめた。勢いをつけて走り、塀の手前で跳躍する。

両手が塀の上に届き、一郎太は塀を蹴って体を一気に持ち上げた。後ろから藍蔵が体を押し上げてくれる。

そのおかげで、一郎太は塀の上にあっさりと腹這《はらば》いになれた。頼んだぞ、と唇の動きで藍蔵に改めて伝え、塀を乗り越えた。音もなく上屋敷の敷地に着地する。

すぐに木陰に身を寄せ、一郎太は屋敷内の気配をうかがった。

——しかし、まさか真っ昼間に自らの上屋敷に忍び込むことになろうとは、夢にも思わなんだ。

上屋敷の中では家臣やその配下、家人たちが暮らしている。その数は、百人近くになるだろう。

それだけの人がいるにもかかわらず、上屋敷内は深閑とした静謐《せいひつ》さに包まれている。ときおり風が吹き過ぎ、梢《こずえ》をさらさらと騒がしていくだけである。

——さて、母上はどこにいらっしゃるのか。

桜香院が、奥御殿に広々とした部屋をもらっているのは知っている。静の部屋とさして離れていないはずだ。

——床下を行けば、きっとわかろう。

視界の中に人がいないのを確かめ、一郎太は木陰を出て母屋に足早に近づいた。床下にするりと入り込む。

やがて動きを止め、一郎太は頭上を見やった。

――ここが静の部屋だな。

今は外に出ているのか、静のやわらかな気配は感じ取れない。

――また気に入りの大木のそばで、日の光を浴びているのか……。

そうかもしれない。静が気に入っている大木があるのは、奥御殿にある中庭であろう。

ここまで来れば、桜香院の部屋は近い。気配を探りつつ、一郎太はそろそろと動いた。十間ほど行ったところで止まる。

――ここだな。

桜香院の気配を感じ取ったわけではなく、それらしい話し声が床板を抜けて漏れてきたのだ。一郎太は、声に耳を傾けた。

――まちがいない。母上だ。

桜香院は三人の腰元を相手に、女中部屋で飼われている猫について、たわいもない話をしていた。とてもかわいらしいとか、愛くるしいとか、ときおり粗相《そそう》をしてしまうのも愛嬌《あいきょう》よ、などと笑いながらいい合っている。

ここでも猫を飼いたいものね、という桜香院の声が一郎太の耳に届いた。

――なにをのんきなことを……。

腹が立ち、一郎太は顔をしかめた。もし諏久宇が公儀に取り上げられてしまえば、猫など飼っている余裕はなくなるのだ。人が食べることすら、難儀になっていくにちがいないのだから。

——しかし、ここで母上に怒ってもしようがない。

なんとか腹立ちを抑え込んだ一郎太はいったんその場を離れ、中庭を目指した。桜香院に会うのに、床下から畳を押し上げて部屋に入るような真似をするつもりはない。

——母上を驚かせ、ただ不快にさせるだけだろう……。

それゆえ一郎太は中庭に出て、そこから桜香院の部屋に赴くつもりである。正面から訪いを入れるほうが、床下から強引に入るよりずっとよいのではないか。

——俺が訪ねていけば、どのみち母上を驚かせる羽目になるだろうが……。

床下を進んでいくうちにあたりが徐々に明るくなってきた。さらに明るいほうを目指して、一郎太は動きを速めた。日射しを受ける草花や木々の幹が目に入り込んでくる。

床下が途切れるぎりぎりまで来て動きを止め、一郎太は外の様子を探った。人の気配はまるで感じなかった。中庭に出るやあたりを見渡し、そばに人がいないのを改めて確かめる。

ずっとかがんでいたせいで腰のあたりが少し痛かったが、外の大気を吸えて、さすがにほっとした。

中庭に沿うように、廊下が左右に延びている。沓脱石《くつぬぎいし》がそばにあり、一郎太は雪駄を脱いで廊下に上がった。すぐさま雪駄をつかみ、懐にしまい入れる。

人けのない廊下を慎重に進んだ。もし廊下を人がやってきたら、すぐに身を隠せるように気持ちを引き締める。

まったく人に出会うことなく、一郎太は桜香院の部屋の前に立った。目の前に厚みのある襖《ふすま》がある。それには、雪に覆われた山の絵が描かれていた。この手の襖は季節ごとに絵を変えるのが恒例になっている。以前はきっと秋らしい絵であったはずだ。

――この山は御嶽山《おんたけさん》ではあるまいか。

麓に羽摺りの里があるといわれる山だ。その襖越しに、女たちの話し声がかすかに聞こえてくる。

すでに、猫から別の話題に移っているようだ。漏れ聞こえている話から、どうやら桜香院は最近、俳句に凝りはじめたらしい。

――俳句か。俺はまったく興を引かれておらぬが、身辺が落ち着いたら、少しはその気になるものなのか……。

なにしろ血のつながった親子なのだ。それでも、今から桜香院に会うと思うと、一郎太は胸がざわめくのを覚えた。実の母なのに、この世で最も苦手な人物である。深く息を吸い、気持ちを落ち着ける。

襖に向かって一郎太は、失礼いたす、と声を投げた。中の話し声が、ぴたりとやんだ。

——よし、行くぞ。

男の声がすることはあまりない。奥御殿にいったい誰が来たのであろう、と桜香院たちが戸惑っている様子が気配で伝わってきた。

衣擦《きぬず》れの音がし、襖に人が近づいてきたのが知れた。音もなく襖が横に滑り、御嶽山が半分になった。もわっ、と中から熱が逃げ出してきた。

敷居際に若い腰元が端座しており、一郎太を見上げる。

「あっ」

そこに立つのが誰かわかったようで、腰元が驚きの声を発した。美貌の持ち主で、驚愕の表情をしても、美しさは損なわれない。

「そなたは、俺が誰かわかるのだな」

若い腰元を見つめて一郎太はたずねた。

「はい、わかります」

気持ちがしっかりしているようで、腰元がはきはきと答えた。

「ならば、奥にいらっしゃる母上に一郎太が来たと伝えてくれぬか」

「承知いたしました」

頭を下げ、腰元がいったん襖を閉めようとする。

「いや、もうその要はないようだ」

静かな口調で、一郎太は腰元を制した。桜香院の部屋には、上段の間と下段の間に寝所があった。上段の間を出たらしい桜香院が、腰元たちが座している下段の間に立ち、一郎太を瞬きのない目でじっと見ていたのだ。距離は二間もなかった。

「母上」

一礼し、腰の刀を鞘ごと抜いて一郎太は敷居際に端座した。刀を横に置く。

若い腰元があわてて立ち上がり、桜香院の後ろに控える。

「一郎太どの……」

久しぶりに本名で呼ばれ、一郎太は新鮮な気持ちになった。最後に呼ばれたのがいつだったか、そのとき誰に呼ばれたのか、まったく覚えがない。

おや。一郎太は、桜香院の唇がわずかにわなないているのに気づいた。

——母上は俺と会ったことで、心をかき乱されておるのだな……。

桜香院のそんな顔を見て、一郎太は逆に自分の気分が落ち着くのを感じた。

「一郎太どの、いったいどうされたのです。前触れもなく、いきなり訪ねてくるような真似をして」

眉間に一筋のしわを盛り上がらせて、桜香院がきいてきた。目に険《けん》がある。

「不躾な振る舞いをいたし、まことに申し訳ありませぬ。母上に、たってのお願いがございまして」

平静な声音で、一郎太は桜香院に伝えた。

「たっての願いですと……」

一郎太の願いとはいったいなんだろう、といぶかしげな顔つきになったが、桜香院が不意に気づいたように口を開いた。

「そちらにいられては、落ち着いて話もできませぬ。一郎太どの、こちらにおいでなさい」

桜香院にいわれ、一郎太は一瞬、まごつきかけた。まさかこんなにすんなりと中にいざなわれるとは、思っていなかったからだ。

この際、遠慮など必要ない。刀を右手にしてすっくと立ち上がった一郎太は敷居をさっと越えた。半身になり、襖を閉める。

そのときには、桜香院は上段の間に入っていた。座布団の上に端座したが、すぐに疲れたように脇息《きょうそく》にもたれた。

少し遅れて、一郎太は下段の間に座った。三人の腰元が、一郎太の斜め前に座す。若い腰元を除いた二人は、一郎太を険しい目で見ている。

一郎太は若い腰元を手招き、刀を渡した。刀が手元にあっては、桜香院も落ち着いて話ができないのではないかと思ったのだ。若い腰元がうやうやしく刀を受け取り、後ろに下がった。桜香院も幾分か、ほっとした顔になったようだ。

下段の間には大火鉢が二つ置かれ、盛んに熱を発していた。そのせいで、中は暑いくらいだった。

母上は、と一郎太は思い出した。ずいぶんと寒がりだった。その寒がりが北山という、ことのほか寒さの厳しい地でしばらく暮らしていたのだ。がんばったものだ、と一郎太は褒めてやりたくなる。

——俺が寒がりなのは、母上の血を引いているからだな……。

「それで一郎太どの、願いとはなんですか」

冷ややかな声だったが、桜香院のほうから水を向けてきた。

「母上、前置き抜きでお話しいたします」

居住まいを正して、一郎太は桜香院を凝視した。一郎太の強い眼差しを受けて、桜香院が身じろぎする。

「母上は、お命を狙われてござる」

はっきりとした声で一郎太は告げた。

「なんですと」

驚きの声を上げたのは、三人の中で最も歳がいっている腰元である。桜香院は無言で眉をひそめ、一郎太をにらみつけている。

「一郎太どの、どういうことです」

低い声で桜香院が一郎太にきいてきた。その横で腰元たちも、そうだといわんばかりにうなずいている。

「誰が私の命を狙うというのです。なにゆえそのような真似をするのです」

いったいどのような出来事があったのか、一郎太は急がずゆっくりと語った。

一郎太の話を聞き終えて、桜香院がうなり声を上げげんばかりに顔をしかめた。三人の腰元は、息をのんだような顔をしている。

我に返ったように桜香院が脇息から上体をそっと起こし、背筋を伸ばした。一郎太をまっすぐに見てくる。

「一郎太どの、それはまことの話ですか」

「まことでござる」

桜香院の目を見据えて、一郎太はきっぱりと答えた。

「それがしが嘘などつかぬのは、母上もよくご存じのはず」

「しかし、なにゆえ監物どのが私の命を狙うのです。しかも、羽摺りの者とかいう忍びを使って……」

「監物がなにゆえお命を狙うのか、母上は見当がおつきになりませぬか」

一郎太に強くいわれて、桜香院が考えに沈む。すぐに顔を上げた。

「まさか諏久宇の件では、ありませぬか」

「そのまさかにござる」

一郎太は深くうなずいてみせた。

「母上は、北山城下にある寒天を扱う三軒の商家から、監物が裏金をもらっているのはご存じでござろうか」

一瞬、桜香院が言葉に詰まったような顔になった。

「存じております」

どこか恥ずかしがるような声で、桜香院が答えた。

「諏久宇の地を失うのを恐れて、監物どのは私を亡き者にしようというのですか」

憤然とした顔で桜香院がいった。

「おっしゃる通りでござる」

桜香院を見返して、一郎太は首肯した。

「諏久宇を失っては、監物に裏金が入ってこなくなります。三軒の商家も、商売の柱である寒天を売れなくなってしまっては、店が傾きかねませぬ。傾くだけでなく、まちがいなく潰れましょう」

「監物どのは、それゆえ私を殺そうというのですか」

さようにござる、と一郎太はいった。

「諏久宇返上という一事が、母上から出たことを監物は知っているからでござる。母上さえ亡き者にしてしまえば、その話は止まるとわかっているのでござろう」

「監物め、たかが江戸家老の分際でそのような無礼千万な真似をするとは、許せぬ」

眉をつり上げ、表情を一変させた桜香院が怒りの言葉を吐き出した。気持ちはわからないでもないが、自分の母の鬼女のような顔を、一郎太は直視できなかった。

意を決して桜香院に目を当てる。母上、と呼び、穏やかな声で語りかけた。

「百目鬼家の家督を重二郎に継がせるために、諏久宇の返上を公儀に申し出たと聞きましたが、それはまちがいない事実でござろうか」

「ええ、確かです」

怒りをおさめ、苦しげな顔になった桜香院が認めた。一郎太がすべてを知ってここに来たのを知り、もはやごまかせないと、覚ったようだ。

「わかりました。とにかく、その一件を公儀から取り下げてしまえば、監物は母上のお命を狙う根拠を失います。おわかりですね」

「ええ、わかります」

「諏久宇は百目鬼家にとって、最も大切な地でござる。もし諏久宇が領地でなくなったら、百目鬼家は立ち行かなくなりもうす。家臣たちは困窮し、領民たちは飢えかねませぬ」

　桜香院は、なんと、という顔で一郎太を見ている。

「諏久宇とは、そんなに大事な地だったのですか」

　喉の奥から絞り出すように桜香院が声を発した。やはりご存じではなかったのか、と一郎太は思い、わずかに肩を落とした。

「諏久宇はかけがえのない地でござる。百目鬼家にとって、一所懸命の地といってよかろうと存ずる」

「一所懸命の地ですか……」

　呆然《ぼうぜん》とし、桜香院は言葉を失っているかのように見える。

「わかりました。取り下げます」

　吐息とともに桜香院があっさりと口にした。それにしても、と額の汗を手拭きでぬぐって桜香院が少し不思議そうにいった。

「一郎太どのは、諏久宇を返上するとの一件をどこで聞いたのですか」

「監物と羽摺りの頭である万太夫という者の密談から知りました」

「密談ですか……。一郎太どのがじかにそれを聞いたのですか」

「いえ、そうではありませぬが、真実であるのは疑いようがありませぬ」

　さようですか、と桜香院がいった。

「諏久宇を公儀に返上することは誰にも知られぬように気を配ったのですが、どこかで監物どのは耳にしたのですね」

「監物は百目鬼家の江戸家老をつとめ、家中で最も大きな権力を握っておりもうす。その上、公儀の要人たちに、抜かりなく金を配っているはずでござる」

「監物どのは、そういうところから、いろいろと知らせが入ってくる仕組みをつくり上げているのですね」

「その通りだと思います」

こほん、と一郎太は咳払《せきばら》いをした。

「母上。諏久宇返上の件ですが、話はだいぶ進んでおるのでござろうか」

「いえ、まだほとんど進んでおりませぬ」

首を横に振って桜香院が否定してみせた。

「母上は、どなたに口利きを頼んだのでござるか」

「兄上です」

その答えを聞いて、一郎太は意表を衝《つ》かれた気分だ。ほとんど考えていなかった。もっとずっと上の身分の者に頼んだものと考えていた。

「伯父上でござるか……」

桜香院の実兄である安部《あべ》丹波守信忠《たんばのかみのぶただ》は、いま奏者番《そうじゃばん》をつとめている。公儀の要職といってよいが、同役が三十人もいる役目である。桜香院の実家は、武蔵国岡部《むさしのくにおかべ》で二万石を領する安部家だ。

一郎太は拍子抜けした。

「私は兄上に、諏久宇の話を持っていっただけです。私から話を聞いて兄上は、どういうことなのか計りかねた様子で、しきりに首をひねっておられました。では預かっておくとだけ、おっしゃっていましたから、取り下げるのは、さして難しいことではないでしょう」

それならよいのだ、と一郎太は安堵の息をついた。

「では母上、今日にでも諏久宇の一件を取り下げていただけますか」

だが、桜香院は肯《がえ》んじない。強情そうな顔つきで、一郎太をうかがうように見ている。

なにゆえそのようなお顔をされるのだ、と一郎太は苛立《いらだ》ったが、その気持ちを抑え込んだ。

——きっと、俺のことが気になっておられるのだな。

一郎太は桜香院の思いを覚った。

「母上——」

再び一郎太は呼びかけた。

「今日、はっきり申し上げておきます。それがしは、百目鬼家の家督などいりませぬ」

えっ、という顔で桜香院が一郎太を見る。間を置かずに一郎太は言葉を続けた。

「まことにそれがしは、百目鬼家の家督になんの興も抱いておりませぬ。それがしは自由になりたいと幼き頃から常々思っておりました。ですので、端から器量人である重二郎に御家の家督を継がせてやりたいとの願いがござった」

「それはまことですか、一郎太どの」

半信半疑の表情で桜香院が質す。

「まことです」

顎を昂然《こうぜん》と上げて一郎太は答えた。

「それがしのこの気持ちはとうに母上に伝わっていると思っておりましたが、そうではなかったようでござる」

「ええ、一郎太どのの気持ちを聞くのは、初めてです」

「さようにござったか」

もっと前からしっかりと話していれば、ここまで母子の仲がこじれるようなことにはならなかったのであるまいか。

「それがしは隠居届を公儀に出します。ですので母上、それがしの命を狙うのは、この先はやめていただきたい」

　桜香院をじっと見て、一郎太は真摯に語りかけた。

「私は一郎太どのの命を狙ったことなど、一度もありませぬ」

　どこかしらっとした顔で桜香院がいった。

「しかし、一郎太どのがそう思っているのなら是非もありませぬ。一郎太どのに手を出そうとする者がいたら、必ず止めましょう」

「感謝いたします」

　桜香院に向かって一郎太は頭を下げた。

「一郎太どの、隠居届の話は偽りではありませぬな」

　厳しい目を一郎太に当てて、桜香院が念押ししてきた。

「むろんでござる。それがしは、決して嘘はつきませぬ」

「それならよいのです」

　一郎太が公儀に隠居届を出すからといって、桜香院は別に胸を打たれたような顔ではない。

「それがしは必ず約束を守ります。ですので、母上、諏久宇の返上は取り下げてくださいますね」

　強い口調で一郎太は頼み込んだ。

「よくわかっております」

あっさりと桜香院が承諾した。

「それで一郎太どの、取り下げるのにはどうすればよいのです。じかに兄上にお目にかかり、お話しするのがよろしいのですか」

それよりも、と一郎太はいった。

「母上、伯父上宛てに文を書いていただけませぬか」

「文ですか。飛脚を使って、文を兄上のもとに送るのですか」

「いいえ、母上が書かれた文を、それがしが伯父上にじかにお届けいたします」

「さようですか。それはありがたい」

薄い笑みを桜香院が見せた。

「では、今から文を書きましょう」

その言葉を聞いて、若い腰元が下段の間にある文机《ふづくえ》の上に墨と紙、筆を手際よく用意する。

「桜香院さま、どうぞ」

桜香院の手を取り、若い腰元が文机にいざなう。

「ありがとう」

会釈気味に頭を下げた桜香院が、こほん、と空咳をして文机の前に座った。筆を執《と》り、紙にさらさらと文字を書いていく。

「こんな感じでよろしいですか」

桜香院の書き終わった文を受け取り、一郎太は、失礼いたす、と断って一読した。

――過日、御相談申し上げ候処《ところ》の諏久宇御返上の件、此《こ》の方《かた》の事情、相変わりいたし候。取り下げにいたしたく候。御一考、願い奉り候。恐々謹言《きょうきょうきんげん》。

最後に桜香院の俗名である寿々《すず》という名が記され、花押が書かれている。

――これなら十分だ。伯父上にお目にかかり、話ができれば、きっと諏久宇の返上をなかったものにできよう。

一郎太は確信を抱いた。墨が乾くのを見計らって、文を懐に大事にしまう。

「では、これより伯父上にお目にかかってまいります」

「わかりました。一郎太どの、どうか、よしなにお伝えくだされ」

「承知いたしました」

一郎太は立ち上がり、若い腰元に刀を返してもらった。

桜香院が一郎太をじっと見ているが、その目には、あまり感情というものが浮かんでいなかった。

――今の母上は、昔どこかで見たような目をされておる……。

どこだったか、と一郎太は考えた。そういえば、と思い出した。まだ一緒に桜香院とこの上屋敷で暮らしていた頃の話だ。

桜香院がさしてかわいがってもいなかった飼い猫が、珍しく甘えてきたことがあった。桜香院は膝の上に抱き上げ、優しくなでていたものの、どこか冷めた目をしていた。そのときの目と今の目が似ているように、一郎太には感じられた。

——母上にとって俺は、かわいくもない猫と変わらぬのだな……。

本当の和解はまだ遠い先だな、と一郎太は思った。それでも今日、一歩前に進んだのは確かだろう。

これまで、一郎太は桜香院に蛇蝎《だかつ》のごとく忌み嫌われていたのだから。それに比べれば、このくらいの目で見られるくらい、なんということもない。

桜香院の部屋を去りつつ、一郎太はそんな風に考えた。

その後、百目鬼家の母屋の床下を無事に抜け出た。緑の濃い庭を横切り、塀に上った。塀を越えて道に飛び降りる。

——藍蔵はどこだ。

一郎太は藍蔵の姿を捜した。しかし、見つからない。

——どこにおるのだ。

一郎太は気配を探ってみた。

——あそこか。

藍蔵は、通り沿いに立つ松の木の陰に身をひそめているらしかった。その場で身を小さくしているようだ。

——ほう、あの大きな男があのような場所に隠れひそむなど、なかなかがんばったではないか。

一郎太は、足早に藍蔵のもとに近づいていった。一郎太がやってきたことを知り、藍蔵が姿を見せた。にこにこと笑っている顔がずいぶん幼く見えた。

——まるで子供の頃に返ったかのような顔をしておる……。

「月野さま」

呼びかけて藍蔵が一郎太に近寄ってきた。

「よくここにそれがしがいるのが、おわかりになりましたな」

「わからぬはずがない。そなたは気配を消せぬからな」

「えっ、さようにござるか。それはあまりよろしいとはいえませぬな」

「人には得手不得手《えてふえて》がある。致し方あるまい」

はあ、と藍蔵が情けない声を出す。

「それでいかがでござったか」

心配そうな顔で藍蔵がきいてきた。

「歩きながら話そう」

「わかりました」

一郎太は藍蔵とともに歩きはじめた。

「月野さま、どこか向かうところがあるのでございますか」

後ろから、藍蔵がきいてきた。

「安部家の上屋敷だ」

「安部さまの……。ああ、桜香院さまのご実家でござるか」

そうだ、と一郎太は答えた。なにゆえ安部家の上屋敷に足を運ばなければならないのか、一郎太は理由を藍蔵に説明した。

「ああ、桜香院さまは周旋を兄上に頼まれていたのでござるか」

「そうだ。それゆえ、母上に諏久宇の一件を取り下げてもらう文を書いてもらった。それを伯父上にお渡しする」

「それで終わりでござるか」

「多分、諏久宇《ちょうじょう》は救われる」

「それは重畳」

「うむ、まことによかった。まだ油断はできぬが……」

大名小路近くに安部家は上屋敷を構えている。

四半刻ほどのちに一郎太たちは安部家の上屋敷の門前に着いた。だが、一郎太は長屋門に近づかなかった。

「訪いを入れぬのでござるか」

藍蔵が不思議そうにきいてきた。

「まだ伯父上はお城であろう」

「ああ、まだお役目の最中でございますか。ではここで帰りを待つので」

「門前はあまりに目立ちすぎるな。少しだけ歩くか」

つぶやいて一郎太は上屋敷から離れた場所に移った。先ほどの藍蔵を見習い、松の木の陰に立つ。

「ここで丹波守さまの帰りをお待ちになるのですね」

「そうだ。伯父上はじき戻ってくるはずだ」

刻限は、とうに昼の八つを過ぎている。もう下城の刻限である。

やがて、こちらに向かってくる大名行列が見えた。大した人数の行列ではない。

――安部家は二万石だ。人数が少ないのも致し方あるまい。

「安部さまの家紋が見えます」

弾んだ声を藍蔵が上げた。

「よし、伯父上が戻ってこられたな」

一郎太の瞳に安部丹波守の乗物が映った。

「月野さま、乗物に近づかぬのでござるか」

「近づかぬ」

「なにゆえでござろう」

「供侍たちの気を荒立てたくないからだ。俺たちはただの浪人に過ぎぬ。そういう者がいきなり近づいていったら、供侍を驚かせるに決まっておる」

「では、どうされるのでございますか」

「こうするのだ」

すぐそばまで近づいてきた乗物に向かって、一郎太は声を発した。

「伯父上――」

ぎくりとして供侍たちが一郎太を見る。明らかに警戒している。

「伯父上」

もう少し声を強くして一郎太はまた呼んだ。

「止まれ」

乗物の中からそんな声が聞こえた。伯父上のお声だ、と一郎太は思った。

乗物が止まり、引戸がすらりと開いた。一人の男がいぶかしげに顔をのぞかせる。

安部丹波守信忠その人である。

懐かしいな、と一郎太は思った。会うのはいつ以来だろう。

「伯父上」

もう一度、一郎太は呼んだ。信忠が声の方向を見る。おっ、と大きく目を見開いた。

「やはり一郎太どのではないか」

信忠に手招きされ、一郎太は近づいた。乗物の前で膝をつく。

「そなた、なにゆえ浪人のような形《なり》をしておる」

一郎太をまじまじと見て信忠が質す。

「実はいろいろとありまして……」

「今そなたは国元におる最中ではないか」

「はっ、おっしゃる通りです。ですので、それがしと会ったことは、内密に願います」

「ああ、承知した。それで今日はどうしたのだ」

「伯父上に御用がございまして」

「用だと。なにかな」

懐から文を取り出し、一郎太は信忠に差し出した。

「我が母上からでございます」

「寿々から……」

「はっ。諏久宇の件について書かれてあります」

「ああ、あれか。あれは妹の一存で決められることではあるまい。今はわしの手元に留めてあるが……」

それを聞いて一郎太は心の底からの安堵を覚えた。

「母上は取り下げるそうです。その旨が、この一文にしたためられております」

「ああ、さようか」

信忠もほっとしたような顔だ。

「正直、なにゆえ重二郎を家督につけるために、諏久宇を投げ出さなければならぬのか、わしにはわけがわからなんだ」

「お手元に留めていただき、まことにありがとうございます。伯父上、心より感謝いたします」

「いや、別に礼をいわれるようなことでもない。当たり前のことをしたまでだ」

「その当たり前のことが、それがしにはうれしくてなりませぬ」

「そうか。そなたが喜んでくれるのなら、わしもうれしい」

「ありがたきお言葉にございます」

信忠に向かって一郎太は深く低頭した。

「では伯父上、それがしはこれにて失礼いたします」

「なんだ、久しぶりに会ったというのに、もう帰ってしまうのか」

「申し訳ありませぬ」

「一郎太どの。なにがあったか知らぬが、落ち着いたら、また顔を見せよ」

「承知いたしました」

「必ずだぞ」

信忠が念押ししてきた。

「はっ、必ず。では、失礼いたします」

深々と一礼して一郎太はその場を立ち去った。後ろにすぐさま藍蔵がつく。

「ようございましたな、月野さま」

一郎太と信忠のやり取りをそばで聞いていた藍蔵が破顔する。

「うむ、これでひと安心だ」

一郎太は肩の荷が下りた気分である。

第四章

一

歩きながらそっと振り返ると、信忠の乗物が門内へ入っていくのが、藍蔵の肩越しに眺められた。

——さて、これからどうするか。

路地との辻《つじ》になっているところで足を止め、一郎太は思案した。このまま家に戻るのは芸がない。

諏久宇返上の一件がすんなり終わりを告げたのを、桜香院に知らせるのがいいような気がする。

そうすれば、その事実は、すぐに監物に伝わるはずである。

――母上のお命を狙えという万太夫への依頼も、取り消されるのではないか。

諏久宇は公儀《こうぎ》に返上されず、百目鬼家は救われたのである。もはや桜香院の命を奪うことに意味はない。

――だが、そう甘くないかもしれぬ。

奥歯をぎゅっと嚙《か》み締めて、一郎太は顔をしかめた。なんといっても、忍びという生き物は、一度受けた依頼は、仮に依頼主が死んだとしても、必ずやり遂げると聞いている。

――それに、監物は依頼を取り消さぬのではないか。もし取り消したとしても、万太夫がやめぬかもしれぬ。

となれば、と一郎太は思った。

――やはり、なんとしても万太夫の息の根を止めなければならぬ。

そうしないと、桜香院の命を救えない。一郎太が、桜香院のそばにずっとついていられれば守りきれるだろうが、そういうわけにはいかないのだ。

――弥佑、急いでくれ。

弥佑の顔を思い浮かべて一郎太は、一刻も早く万太夫が見つかるように願った。

――とにかく今は、母上のもとに赴くのがよかろう。

それに、桜香院の身辺に怪しい気配がないか、調べなければならない。もしそんな気配があれば、桜香院のそばに万太夫が迫っているということだ。

――もし万太夫が姿をあらわすのなら、上屋敷内で対決してもよい。

冷たい風に吹かれながら、一郎太は決意した。それにしても、とふと思った。今は桜香院に会うのが、さほど心の重荷になっていないのに気づいた。

――俺の中でも、母上に対する気持ちの変化が生じておるのだな……。

一郎太の後ろで、身じろぎ一つせず藍蔵が立っている。そのさまは忠犬そのものといってよかった。

――端整なつくりをしておるが、藍蔵の顔はどこか犬に似ておる……。

くすりと笑い出しそうになるのを、一郎太はこらえた。

「藍蔵――」

まじめな口調を心がけて呼びかけ、一郎太は自らの考えをつらつらと述べた。

「なるほど」

弾んだ声を上げ、藍蔵がすぐさま賛同する。

「桜香院さまにまたお目にかかるとは、実によい考えでございます」

「藍蔵もそう思うか」

「もちろんでございます」

満面に笑みをたたえて藍蔵が答えた。

「やはり母子は仲よいほうがよろしゅうござる。繰り返し会ううちに、いずれ心の垣根も取り払われましょうぞ」

よいことをいうな、と一郎太は感心した。

「ならば、今からまた市谷加賀町にまいるが、よいか」

「ええ、是非まいりましょう」

百目鬼家の上屋敷を目指し、一郎太たちは足早に歩きはじめた。

「ところで月野さま」

歩き出してすぐに藍蔵が声を発した。

「なんだ」

前を向いたまま一郎太は言葉を返した。

「こたびもまた、上屋敷には忍び込むのでござるか」

「それしか手はあるまい。もし俺が正面から訪ねていけば、上屋敷の者は驚き、あわてるだけだ」

「先ほどと同じ場所から忍び込むのでございますな」

「そのつもりでおる。ほかに忍び込めそうな場所はあるまい」

半刻《はんとき》もかからずに、一郎太たちは百目鬼家の上屋敷の近くにやってきた。

——おや。

上屋敷の長屋門を視界に捉えつつ、一郎太は首をひねった。

——屋敷内が騒がしいような……。まちがいなくざわついておる。

百目鬼の上屋敷からただならぬ気配が、伝わってきている。先ほど忍び込んだときとは、様相がまるで異なっている。

「なにかあったのでござるかな……」

後ろで藍蔵がつぶやく。

「藍蔵も感じるか」

振り向いて一郎太は問うた。

「はっ。屋敷内が、落ち着きを欠いておるような気がいたします」

その通りだ、と一郎太は思った。胸騒ぎを覚えながら、藍蔵とともにさらに上屋敷へ近づいていった。

長屋門はがっちり閉じられていた。昼間は普段、この門は開いている。閉まるのは暮れ六つと決まっていた。

——やはりなにかあったのだ。

そのために、あわただしく門は閉じられたのだろう。

年老いた門衛と三十過ぎと思える門衛が、長屋門の詰所にいる。格子になっている小窓の向こうで、二人は深刻げに話し合っている。

「なにが起きたのか、それがしがきいてまいります」

二人の門衛を見つめて、藍蔵がすかさず申し出る。

「藍蔵、うまくやってくれ」

「お任せください」

自信たっぷりに請け合って、藍蔵が詰所に近寄っていく。

話を聞こうと、一郎太は藍蔵の背後にそっとついた。門衛から死角になる位置で立ち止まり、聞き耳を立てる。

詰所のそばに立った藍蔵が、小窓を軽く叩《たた》く。小窓が開く音が聞こえ、なにか御用でござろうか、というしわがれた声が一郎太の耳に届いた。

「それがしは北山城からまいった者で、神酒藍蔵と申す」

藍蔵が本名を堂々と名乗った。

「国元から……。あの、神酒五十八さまのご子息の藍蔵さまでいらっしゃいますか」

幸いにも、年老いた門衛は藍蔵を覚えていたようだ。幼い頃から藍蔵は、一郎太と同様にこの屋敷で暮らしていたのだ。門衛が覚えているのも当たり前かもしれない。

「その藍蔵だ。わしの父は、最近まで江戸家老をつとめていた。今は国家老として北山に赴いたが……」

「藍蔵さま、お久しぶりでございます。しかし、藍蔵さまは殿さま付きでいらっしゃいますね。今は国元に滞在されておられるのでは……。それが、なにゆえ江戸にいらっしゃるのでございましょう」

当然の問いを門衛が投げてきた。なかなかよくしつけられておるではないか、と一郎太は感心した。元江戸家老のせがれに堂々と口を利くなど、そうそうできることではない。

「おぬしのいう通り、わしは殿に近侍《きんじ》しておるゆえ、本来なら今は国元におらねばならぬ身だ」

そこで藍蔵が声をひそめた。

「実を申すと、わしは殿より密命を帯びて江戸にまいったのだ」

――ほう、密命ときたか。

まさか藍蔵の口からそんな言葉が出るなど、一郎太は思いもしなかった。それは門衛も同じだったらしく、声が裏返った。

「み、密命でござるか……」

「さよう。ゆえに、わしはこのような浪人の如《ごと》き形《なり》をしておる」

「ああ、なるほど」

格子窓越しに門衛が藍蔵の恰好《かっこう》をまじまじと見たのが、一郎太にはわかった。

「わしはこれから、江戸家老の黒岩監物さまに会わねばならぬ。今こちらにいらっしゃるか」

――ほう、藍蔵は監物の名を出したか。なかなかうまい手ではないか。

一郎太は門衛の返答を待った。

「いらっしゃいます」

「ならば、会えるな」

いえ、といって門衛がかぶりを振ったらしいのが、一郎太にはわかった。

「今は無理だと存じます。お屋敷内はひどく立て込んでおりますので……」

申し訳なさそう声で門衛が答えた。一郎太としては、その立て込んでいるわけを、なんとしても知りたかった。

「立て込んでおるだと。なにゆえだ」

藍蔵が鋭く門衛に質《ただ》した。

「あの、つい最近まで国元にいらしたのなら、神酒さまはなにが北山で起きたのか、ご存じではありませぬか」

――国元で重大事が出来《しゅったい》したのか……。

いったいなにが起きたのだろう、と改めて思い、一郎太は眉根を寄せた。

――もしや重二郎の身になにかあったのか。そうでなければよいが……。

少し声を高くして藍蔵がいう。

「わしが北山を出立したのは、八日ばかり前だ。そのあいだに国元でなにか起きたとしても、旅をしていたわしには知りようがない」

「ああ、八日前に国元を……。さようにございましたか」

納得したような声を門衛が出した。藍蔵が旅姿をしていないのは、すでにどこかで着替えを済ませたと考えてくれたかもしれない。

「実は……」

門衛がごくりと唾を飲んだらしい気配を、一郎太は感じた。

「先ほど早馬がやってまいりました」

「国元から早馬が来たと申すか。なにを知らせに来たのだ」

勢い込んで藍蔵がきいた。はっ、と門衛が答える。身じろぎ一つせずに、一郎太は耳を澄ませた。

「重二郎さまのご嫡男であられる重太郎《しげたろう》さまが重篤の病にかかられたと、知らせにまいったのでございます」

「なにっ」

藍蔵が叫ぶような声を上げた。

——なんと。

驚愕《きょうがく》した一郎太の背筋に、ぞくりと寒けが走った。

——重二郎ではなく、せがれの重太郎が重い病にかかったというのか……。

むう、と一郎太はうなりそうになった。一郎太の甥《おい》に当たる重太郎は、まだ四つである。

子供は七歳までは、神さまからの預かり物と信じられている。七つまで育たぬ子があまりに多く、それは神さまが取り上げてしまうからだといわれているのだ。無事に大人に育つ子は、おそらく半分ほどであろう。

——重太郎は、いったいどれほど重い病なのか……。

わざわざ国元から早馬が来るくらいだ。命に関わるような病であるのは、まずまちがいないだろう。

——北山に戻りたい。

そんな衝動に一郎太は駆られた。重太郎の顔を見たい。重二郎にも会いたい。会って言葉をかけたい。

——どのような言葉も、慰めにはならぬだろうが……。

それでも一目、一郎太は重太郎や重二郎の顔を見たかった。

――まさか、重太郎はもう儚《はかな》くなってしまったのではなかろうな……。

つまらぬことを考えるな、と一郎太は自らを戒めた。

――そのような考えを抱き、もしうつつになってしまったら、どうするのだ。

今は、重太郎の病が治るようにとだけ願っていればよい。御典医たちも、必死に治療に当たっているだろう。

御典医には経験が豊富で、腕のよい者が揃《そろ》っている。その者たちが、きっと重太郎の病を治してくれよう。

重太郎の一件は、当たり前だが、すでに桜香院の耳に達しているはずだ。桜香院にとって、重太郎は大事な孫である。

おそらく母上は、と一郎太は思った。

――今日にでも、国にお戻りになるおつもりであろう。もし今日が無理でも明朝には出立するのではないか。

上屋敷内で桜香院を毒殺するのは、いくら万太夫が手練《てだれ》だとしても、さすがにあきらめざるを得ないのではないか。

もしかすると、と一郎太の頭の中でひらめくものがあった。

――国元への旅を奇貨《きか》として、その途上、万太夫は母上のお命を縮めようとするかもしれぬ。

いや、まちがいなくそうするのではないか。

——放っておけぬ。

確信した一郎太は、桜香院が国元に戻る際に陰警固をする決意を固めた。桜香院に気づかれないよう、ともに北山まで行こう。

——重太郎が重い病にかかったというのなら、監物も国元に戻るのではないか。さすがに、母上と一緒の道行きは避けるであろうが。

重二郎の正室は監物の娘の将恵《まさえ》だ。その将恵が産んだのが重太郎である。監物にとっても、重太郎はかけがえのない孫なのだ。

門衛との話を終えた藍蔵が、こちらに向かってきた。

藍蔵にうなずきかけてから、一郎太は長屋門から少し離れた。五間ばかり行って、立ち止まる。

「月野さま、これからどうされますか」

額に太いしわを刻んで、藍蔵が話しかけてきた。

「母上に会う」

静かな声で一郎太は告げた。

「いま上屋敷内はてんてこ舞いのようでござるが、果たして桜香院さまに会えましょうか」

とても無理ではないか、と藍蔵は危ぶむ顔である。

「なんとしても会うしかない」

強い口調で一郎太はいった。

「母上に諏久宇の一件が無事に済んだとお知らせせねばならぬ」

ならば、と一郎太は即座に思った。

――まず、監物にじかに会うべきだ。

それがよかろう、と一郎太は一瞬で決断した。顔を上げて藍蔵を見る。

「藍蔵のいう通り、母上に会うのはやめておこう。俺は監物に会う」

「えっ、監物にですと。月野さま、なにゆえ、そのような真似を」

目を丸くして藍蔵が確かめてくる。

「監物がすでに母上を始末しようと考えているのは間違いない。諏久宇の返上がなくなったと知れば、考えを改めるのではないか」

静かに一郎太は答えた。

「確かに監物と会うほうが話は早いと、それがしも思いますが……。しかし監物が果たして、忍びに頼んで桜香院さまのお命を狙ったなどと認めますかな」

「しらを切るであろう。だが、とにかく諏久宇の一件が何事もなく終わったことが監物に伝わればよいのだ」

「わかりもうした」

あきらめの表情で藍蔵がいった。

「月野さまはいったんこうと決めたら、梃子《てこ》でも動きませんからな……」

その通りだ、と一郎太は思った。

二

上屋敷の塀がほかより少し低くなっているところへ、一郎太は移動した。

道に人けがないのを確かめる。

「では藍蔵、行ってまいる」

「月野さま、一人で大丈夫でございますか」

「ああ、そなたはここで待っていてくれ」

「承知いたしました」

少し不安そうな風情で藍蔵が答えた。

「一刻たって、もし俺が戻らなんだら、藍蔵、捜しに来てくれ」

「お任せくだされ」

目に力をみなぎらせて藍蔵が請け合った。下手をすれば、と一郎太は思った。

――藍蔵は、俺の亡骸《なきがら》を目の当たりにすることになりかねぬ……。なんといっても、監物のそばには万太夫がいるかもしれぬのだ。

虎穴も同然の場所に赴くのである。

――いや、弱気になるな。俺は万太夫などに決して負けぬ。俺が殺《や》られるわけがないではないか。

自らに気合を入れた一郎太は塀に向かって走り、両手を伸ばして跳躍した。塀の上に手がかかり、足も使って塀をよじ登る。

足が滑りそうになったが、藍蔵がまたしても尻を押してくれたおかげで、一郎太はあっさりと塀の上に腹這《はらば》いになった。心配そうな顔をしている藍蔵に礼をいい、上屋敷の敷地に飛び降りた。

素早く大木の陰に身を寄せ、一郎太は屋敷内の気配をうかがった。

――留守居の者たちは、先ほどよりだいぶ落ち着きを取り戻しているようだ……。

どこからか、馬のいななきが聞こえてきた。あれは母上のための馬だろうか、と一郎太は思った。

荷物を運ぶ駄馬が北山までの旅に備え、厩《うまや》から引き出されたのかもしれない。

――母上は、まことに今日、出立するおつもりなのか……。

それとも、あれは監物の乗馬なのか。そうではない、と一郎太は断じた。

ば済むのだから。
今日は、床下を進まずともよいのではないか。表御殿にある江戸家老の詰所に行け
さてどうするか、と一郎太は御殿をじっと眺めて考えた。
――監物の馬は、黒岩屋敷で飼われているはずだ。

ば済むのだから。

――よし、あそこから御殿内に入るのがよかろう。
濡縁《ぬれえん》のついている部屋に、一郎太は目を定めた。
木陰を出、誰にも見咎《みとが》められることなく、母屋の濡縁に上がる。
中に人の気配がないのを確かめて、腰高障子《こしだかしょうじ》を横に滑らせた。脱いだ雪駄《せった》を懐に
しまい込んでから部屋に入り、腰高障子をそっと閉める。
中はひんやりとしていた。部屋を素早く横切り、襖《ふすま》に手をかける。
向こう側に人の気配は感じられず、一郎太は襖を開けた。
目の前に、左右に延びる板敷きの廊下があった。
これを左に進めば、江戸家老の詰所に行けるはずだ。
敷居をまたいで廊下に出た一郎太は後ろ手に襖を閉め、静かに歩き出した。
途中、何度か、人が向こうからやってくる気配を嗅いだ。そのたびに近くの部屋に
入ったり、廊下の角など物陰に身をひそめたりして、やり過ごした。
――あと少しだ。

すでに、廊下は板敷きから畳敷きに変わっている。

一郎太は、表御殿の政庁に足を踏み入れていた。ここでは一郎太自身、何度も政務に励んだものだ。

畳敷きの廊下の両側は、閉め切られた襖がずっと続いている。それぞれの襖の奥は、江戸留守居役たちの詰所になっている。

おのおのが詰所に籠もり、しっかりと仕事をしている気配が伝わってくる。どうやら留守居役たちは落ち着きを取り戻し、役目に没頭している様子だ。

畳敷きの廊下に、人の姿は一人もなかった。胸を張って一郎太は廊下を進み、政庁の奥まったところまでやってきた。

ここだ、と思ったところで足を止める。目の前の部屋が江戸家老の詰所である。

雪景色の中に二羽の鶴が羽ばたいているという襖絵が、目に入った。

一郎太の記憶にある襖絵とは、ちがう。江戸家老になるに当たり、監物は襖絵を変えさせたのか。

もっとも、季節ごとに襖絵は替えられるものだから、気にするほどのことではない。

一郎太は、襖越しに詰所の気配を嗅いだ。中に三人いるのが知れた。

一人はまちがいなく監物であろう。二人は監物の家臣か。それとも、留守居役がなにかの決裁を求めに来たのか。

さすがに、万太夫がいるとは考えられない。伝わってくる気配が、あまりにやわらかすぎる。

――よし、行くか。

引手に手をかけ、一郎太は襖をからりと開けた。中は十畳ばかりの広さがあった。大きな文机《ふづくえ》の前に監物が座り、紐《ひも》で綴《と》じられた書類に筆を入れていた。文机を挟んだ反対側に二人の侍が端座《たんざ》し、監物に真剣な眼差《まなざ》しを注いでいた。

襖がいきなり開いたことで三人の男が驚いたように顔を上げ、一郎太を見た。敷居際に立っているのが誰なのか、ほぼ一瞬でわかったらしく、三人とも、あっ、と声を揃えた。監物以外の二人は、黒岩家の家臣のようだ。

信じられぬという顔で、監物がまじまじと一郎太を見る。気づいたように筆を硯《すずり》の上に置いた。

「おぬしら、ちと出ておれ」

一郎太からなにか話があると覚《さと》ったらしく、手を振って監物が人払いをした。はっ、と答え、二人の侍が上目遣いに一郎太を見て、そそくさと部屋を出ていく。

入れちがうように一郎太は部屋に入り、襖を閉めた。腰から鞘《さや》ごと刀を抜き、文机の前にあぐらをかいた。その上で刀を自らの左横に置き、監物に目を据える。

おや、と一郎太は思った。

——少し老けたようだ。

傍若無人に権勢を振るっているように見えるが、きっと監物なりに苦労が絶えないのではないか。

——それとも、諏久宇の一件での心労が祟《たた》ったか。

「これは一郎太さま」

居住まいを正し、監物が辞儀してきた。

「よくいらしてくださいました」

うむ、と一郎太は鷹揚《おうよう》にうなずいてみせた。

「監物、俺がやってきて驚いたか」

はっ、と監物が答えた。

「驚きましてございます」

監物の目が一郎太の刀に当てられる。

「別に、そなたを斬りに来たわけではない。安心せよ」

一郎太は刀を右横に移した。監物はなにもいわず、一郎太を見ている。

「単刀直入にいおう」

斬り込むような気構えで、一郎太は口を開いた。身じろぎ一つせず、監物は一郎太を凝視している。

「よいか、監物。よく聞くのだ。諏久宇の一件は落着した。公儀に取られるようなことは、もはやない。安心してよい」

体をひと揺すりして監物が、どういうことだ、といいたげな目で一郎太を見る。

「どんな事情か語ってつかわそう」

一郎太は、先ほど桜香院の実兄で奏者番の安部丹波守信忠と会い、諏久宇返上の件は取り下げてほしいという趣旨の桜香院の文を渡してきたと、監物に伝えた。

それを聞いて監物が、ほう、と安心したような声を漏らす。

「丹波守さまは、一郎太さまのご希望を受け容《い》れてくださったのでございますすな」

疑い深そうな目をした監物が一郎太に質す。

「そうだ。伯父上は、受け容れてくださった。ゆえに監物。諏久宇の一件で悩む要は一切ない」

「それをうかがって、それがし、気持ちが楽になりましてございます」

監物が安堵《あんど》の息を吐き出した。肩からも力が抜けている。

「それは俺も同じだ」

深く顎を引いて、一郎太は言葉を続けた。

「それゆえ監物、もはや我が母上のお命を狙わずともよいぞ」

えっ、と意外そうな声を発し、監物があっけにとられたような表情になる。

――この男、しらばくれるつもりか。

どうやらそのようだ。このくらいは前もってわかっていたとはいえ、やはり一郎太は残念でならなかった。

「俺は、そなたが依頼した万太夫が、我が母上を上屋敷内で毒殺するつもりでおるのも存じておる。監物、よいか。それを取り消すよう万太夫にいうのだ」

監物を見据えて、一郎太は命じた。一郎太を見返して、監物が苦笑してみせる。

「一郎太さま、いったいなにをおっしゃっているのでございますか」

「やはりとぼけるのか」

苦い思いが喉を這い上ってきた。一郎太は真摯な口調で監物に語りかけた。

「監物、今さらしらを切らずともよいのだ。俺はすべて知っておるのだからな」

顔をしかめ、監物がかぶりを振る。

「それがしが、桜香院さまのお命を狙うはずがありませぬ。桜香院さまとそれがしの仲のよさは、一郎太さまもよくご存じのはず。万太夫という男が何者なのか、知らぬとはさすがに申しませぬが、それがしが万太夫に桜香院さま殺しを依頼するなど、金輪際あり得ませぬ」

「俺が特に信用する者が、そなたと万太夫の密談を聞いたのだ」

ああ、と監物が声を上げた。

「先夜、我が屋敷の床下にひそんでいた者でございますな。あのような得体の知れぬ者の言を、一郎太さまは信ずるのでございますか」

「信ずる」

監物をじっと見て、一郎太は断じた。

「あの者は信用に値する者だ」

しかし、といってなおも監物が抗弁する。

「あの者は、床下にひそんでおった鼠《ねずみ》でございますぞ。そのような者の言葉を信ずるなど、一郎太さまらしくありませぬ」

「俺らしくなくてもよい。監物、万太夫と密談をしていたのは認めるのだな」

「密談というほどのものではありませぬ。深更に江戸に着いた万太夫と、久しぶりに昔話に花を咲かせていただけにございます」

「なにゆえ万太夫は江戸にまいった」

「江戸見物でございます」

「万太夫は羽摺りの頭だな。俺の命を狙いに来たはずだ」

「滅相もない。それがしがそのような真似《まね》はさせませぬ」

「ならば、俺の命を狙うのを監物が止めてくれるか」

「もしまことに万太夫がその気でいるなら、きつく申しつけておきましょう」

「俺のことは正直、どうでもよいのだ」

手を振って一郎太は告げた。

「俺は自分で自分を守れるからな。母上はそうはいかぬ。とにかく監物、母上のお命を狙うのはやめるのだ」

「やめるもなにもございませぬ。端《はな》から、そのような事実はありませぬ」

俺の命を狙うのもやめるといったが、監物はやめるつもりなど決してないだろう。

――この男はやはり信用ならぬ。

上っ面だけだ、と一郎太は強く思った。

「その言葉は、母上の命を狙う意志はもはやないということだと、捉えてよいか」

「それがしが万太夫に桜香院さまを亡き者にするよう、依頼した事実はないということでございます」

「そういうことなら、母上が万太夫に狙われるようなことはあり得ぬな」

「万太夫の気持ちを確かめたことはありませぬが、おそらくそうなりましょう」

感情をほとんど感じさせないしらっとした顔で、監物がうなずいた。

「ならばこの先、母上は万太夫に狙われはせぬな」

強い口調で一郎太は問うた。

「狙われませぬ」

平然とした顔で監物が答える。

「約束だぞ、監物」

「約束もなにも……」

どこか一郎太を小馬鹿にしたような光が、監物の瞳に浮いている。

――この男は約束を守る気など、まるでないな。やはり母上を殺るつもりでおるのだろう。母上を、もはや邪魔者としか考えておらぬようだ。

心中で首を振りながら、一郎太は監物にうなずいてみせた。

「それを聞いて安心した」

――俺がこれまでのすべてを不問にするつもりでいるうちに、心を入れ替えるのがよいのだが……。

しかし、どうやらそれは望み薄のようだ。

「それで一郎太さま――」

いかにも小ずるそうな顔つきで、監物が呼びかけてきた。この男の本性が出たような表情である。

「もし仮に、あくまでも仮にでございますが、桜香院さまのお命を万太夫が狙うのをやめぬとなった場合、どうなりましょうか」

やはりきいてきたか、と一郎太は思った。いかにもこの男らしい。ため息が出そうだ。

「そなたは破滅する」

真剣な顔で一郎太は宣した。

「えっ、破滅でございますか」

一瞬、監物が目を大きく見開き、いぶかしげな顔になった。

「そうだ。俺が許さぬゆえ、そなたは必ず滅びを迎える」

「一郎太さまが、それがしを追い込むのでございますか」

そうだ、と一郎太は肯定した。

「そなたが俺の命を狙った一切は、不問にしてやろう。だがもし母上に手を出したら、決して許さぬ」

なにもいわずに監物が一郎太をじっと見る。

「監物、わかったか」

はっ、と監物がかしこまった。

「よくわかりましてございます」

「よいか、監物」

厳しい声で、一郎太はなおもいった。

「まことに、母上の命を狙うのはやめるのだ。そのような真似をすれば、破滅がうつつのものになるぞ。そなたが滅んでいく姿など、俺は見たくない」

気持ちを高ぶらせることなく、一郎太は冷静な口調を保った。

「承知いたしました」

しかし監物に、一郎太の心が通じたように見えなかった。ただ表面を取り繕っているに過ぎない。

「それから監物。俺は百目鬼家の家督は重二郎に譲ることにした。ご公儀に隠居届を出すつもりだ」

「えっ、まことでございますか」

驚いたように監物がきいてきた。この驚きは本物のようだ。

「俺は嘘《うそ》をつかぬ」

「わかりました。天晴《あっぱ》れなご決断だと存じます。これまでお疲れさまでございました」

監物が深く低頭する。その声がわずかに弱まったのを、一郎太は感じた。

――俺が家督を重二郎に譲るという話は、少しは心に響いたのだろうか……。

重二郎が殿さまになれば、その次はまちがいなく重太郎が継ぐ。外戚として監物はさらに権勢を振るうようになるだろう。

――だが、それも重太郎が持ち直してこそだが……。

「重太郎だが、心配だな」

一郎太がいうと、監物が胸を衝《つ》かれたような顔になった。この顔に嘘はないようだ。

「はっ、まったくでございます」

沈痛な表情の監物が苦しそうに下を向いた。

「監物は国に帰るのか」

「はっ、そのつもりでおります」

「母上も帰るのだろうが、一緒に行くのか」

「いえ、桜香院さまと一緒にというのは無理でございましょう。それがしは江戸家老としての役目がございます。桜香院さまのように自由に動けるわけではありませぬ」

「それはそうだな」

一郎太は軽く咳払《せきばら》いをした。

「では、俺はこれで帰る」

畳の上の刀をつかみ、一郎太は立ち上がった。鶴の絵が描かれた襖を開けて、畳敷きの廊下に出る。

文机のところに座ったきりで、監物は一郎太の見送りに出てこなかった。重太郎のことを思い出して胸が詰まったのか、声を失っているように見えた。

監物を一顧だにせずに一郎太は玄関に向かった。先ほど監物の家臣二人に顔を見られた。こうなれば顔をさらしてもよかろう、と開き直った気分である。

一郎太が江戸にあらわれたという噂《うわさ》は、あっという間に上屋敷内を駆け巡るだろう。

それでよい、と一郎太は思った。

――俺はもはや隠居の身といってよいのだ。

人けのない廊下を一郎太は大股に歩き続けた。

三

結局、誰にも会わずに一郎太は玄関までやってきた。

懐から雪駄を取り出し、土間にそっと放る。

うまく表側を向いた雪駄を履き、玄関から堂々と外に出た。

正面に長屋門が見えている。今も閉まっていた。

あそこに門が見えているのに、わざわざ塀が低くなっているところに行き、乗り越えるのは少々億劫《おっくう》に思えた。

くぐり戸から出るか、と思い、一郎太は長屋門を目指した。

長屋門のそばには誰もおらず、静けさだけが霧のように漂っていた。

門には太い閂《かんぬき》がされていた。一郎太は脇のくぐり戸を開けた。

外からいきなり風が吹き込んできたが、それに負けずに足を踏み出す。道に出た一郎太はくぐり戸を静かに閉めた。

詰所にいる二人の門衛が外に出てきた一郎太に気づき、あわてて辞儀してきた。一郎太のことが殿さまだとわかったわけではなく、家中の者が他出すると思ったようだ。

しかし、すぐになにゆえ着流し姿なのかと不審さを覚えたはずだが、なにもいってこなかった。

――藍蔵はどこに行った。

強い向かい風をまともに受けつつ、一郎太は足早に歩き出した。

――そうか、塀が低くなっているほうにいるのだな。

風に逆らって、一郎太はそちらに向かった。すぐに、心配そうに塀を見つめている藍蔵を認めた。

「藍蔵――」

足早に歩きながら一郎太は声を発した。

「月野さま」

振り返った藍蔵が一郎太を見つけて破顔し、うれしそうに寄ってきた。

「よくぞ、ご無事で」

「うむ」

実に気持ちのよい男だな、と一郎太はにこにこと笑っている藍蔵を見て思った。

――監物も、藍蔵のような男になればよかったのに……。

そうすれば、あんなに卑劣な真似をせずとも済んだはずである。

――母上の命を奪うのをやめねば、本当に破滅するというのに……。俺は決して大《おお》袈裟《げさ》にいったわけではないぞ。

一郎太は、三軒の寒天問屋から監物が莫大《ばくだい》な裏金をもらっているのを知っていると、監物にあえて伝えなかった。

――監物、その裏金こそがそなたの命取りになるのだ。

脳裏に浮かんだ監物の顔に、一郎太は語りかけた。

だが、頭の中の監物は相変わらずしらっとした顔をしており、一郎太の言葉が心に届いたようには見えなかった。

「よかった、よかった」

安堵の思いをにじませた顔で、藍蔵が一郎太をのぞき込んでくる。

「それで月野さま、首尾はいかがでございましたか」

藍蔵が、監物との話し合いの結果をきいてきた。

「監物は心を変えましたか」

「いや、駄目だった」

さばさばとした調子で、一郎太は首を横に振った。

「残念だが、あの男の気持ちを変えるには至らなんだ。俺の力不足だ」

いいえ、と強い口調でいって、藍蔵がかぶりを振った。

「あの男は頑昧《がんまい》そのものにございます。その手の者は人の上に立つ者に少なくありませぬ。どのような人物が説得しようと、決して首を縦には振りますまい」

「そういうものかな……」

「そういうものでござる」

一郎太をじっと見て藍蔵が力説する。

「しかし月野さま。桜香院さまは、万太夫によってお命を狙われ続けるのでございましょうな」

「そういうことだ」

苦々《にがにが》しげに一郎太は答えた。

「さようにござるか……」

唇を噛み、藍蔵が顔をゆがめる。

「月野さま、これからどうしますか」

全力を挙げて万太夫と監物を叩き潰さねばならぬ、と一郎太は思った。だが藍蔵はそういうことをきいているわけではない。

「まずは文を書こうと思う」

　藍蔵を見つめて一郎太は冷静に答えた。

「文でござるか。誰宛てに書かれるのでござろうか」

「五十八宛てだ」

「それがしの父に……」

「そうだ。これまでにつかんだことを、五十八に知らせるのだ。重太郎の身を案じて国元に帰るはずの監物を、ついに追い込むときがきたようだからな」

　では、といって藍蔵が瞳を輝かせた。

「監物にとどめを刺すのでござるな」

「その通りだ」

　監物は、ぎりぎりの線を越えてしまったのだ。もはや容赦はいらない。

「わかりもうした。しかし月野さま、おもしろくなってきもうしたな」

　藍蔵は、いかにもわくわくとした顔をしている。しかし、一転、眉を曇らせた。

「重太郎さまのことは、それがしも案じられてなりませぬが……」

「今は治ると信ずるしかあるまい」

　その言葉に、藍蔵が首を大きく縦に振る。

「おっしゃる通りでござる。それで月野さま、文はどちらでお書きになるのでございますか」

「落ち着いて書ける場所がよい」

「でしたら、いったん家に戻りますか」

「それがよかろう」

今日は母上に会わずともよい、と一郎太は思った。今は重太郎のことで頭が一杯だろう。無理に会っても、話に身が入らないにちがいない。

藍蔵を伴って、一郎太は根津を目指した。

四半刻ほどで家に着いた。鍵を使って藍蔵が戸の解錠をする。

入る前に一応、一郎太は家の中の気配を嗅いだ。

気配らしきものは感じなかった。弥佑が家の中にいたときに覚えた妙な気も、漂ってはいない。

「よし、大丈夫だ」

一郎太が断ずるようにいうと、藍蔵が戸をするすると横に滑らせた。

土間に足を踏み入れ、一郎太は雪駄を脱いだ。後ろに藍蔵が続く。

気を緩めずに暗い廊下を進み、一郎太は自分の部屋に入った。

昼飯も食べておらず、空腹だったが、耐えられないほどではない。

——昔の人は二食だったらしいし……。

自らに言い聞かせるようつぶやいて、一郎太は腰の刀を鞘ごと抜き取った。文机の前に座り、刀をかたわらに置く。

一郎太の後ろに藍蔵が控える。

硯で墨をたっぷりとすった一郎太は紙を文机にのせ、筆を執った。

かなりの長文になったが、さほど時をかけることなく文を書き終えた。一郎太は文面をじっくりと見直した。

書き直す必要があるような箇所は見当たらなかった。反故《ほご》を出さずに済み、上出来といってよかった。

――これでよし。

心中で深くうなずいた一郎太は墨が乾くのを待って文を折りたたみ、引出しから取り出した封筒にしまい込んだ。

「よし、出かけるぞ」

振り返って一郎太は、じっと待っていた藍蔵に声をかけた。

「その文を、飛脚問屋に持っていくのでござるな」

「その通りだ」

すぐさま一郎太たちは家を出た。近所に飛隼屋《ひじゅんや》という飛脚問屋があった。

一町半ばかり道を北へ行くと、右手に『飛脚』と大きな看板が出ている建物が見えた。

ごめん、と断って一郎太たちは暖簾《のれん》をくぐった。

横に細長い土間の奥は胸の高さほどある店座敷になっており、そこに帳場格子《ちょうばごうし》が置かれていた。

その中にいくつかの文机が鎮座しており、その前に数人の奉公人が端座して、帳簿付けとおぼしき仕事をこなしている。

これからどこかに送り出すのか、たくさんの荷物が、土間の奥のほうに積まれていた。飛脚問屋は文だけを扱っているわけではなく、荷物を運ぶのも重要な仕事である。

「いらっしゃいませ」

一郎太たちに気づいた若い奉公人が張りのある声を上げ、帳場格子をどけて、そばに寄ってきた。

手代《てだい》とおぼしき男は裾を揃えて店座敷に座り、にこやかな笑みを向けてきた。

「飛脚がご入り用でございましょうか」

丁重な口調で男がいった。うむ、と一郎太はいった。

「文を出したいのだ」

一郎太は懐から封筒を取り出した。

「そちらでございますね。先方は、上方にお住まいでございますか」

「上方ではない。美濃の北山という地だ」

「わかりました。美濃でございますね。お急ぎでございますか」

「うむ、急ぐ」

「でしたら、並便《なみびん》はおやめになったほうがよろしゅうございましょう」

並便とはなんだ、と一郎太は思った。初めて聞く名である。

男が説明してくれる。

「並便の代は三十文と安いのでございますが、飛脚がいつ出立するか、決まっておりませんので……」

それで安いのか、と一郎太は納得した。急を要さない文ならば、並便でも一向に構わないが、今回はそうではない。飛脚が出立するのがいつかわからないのでは、使うことはできない。

――それに、じきに俺たちは北山に向かうのだ。並便では、文より俺たちのほうが先に着いてしまうだろう。

「最も速い便だと、今日出立していつ北山に着く」

新たな問いを一郎太は男にぶつけた。

「美濃でしたら、明日の夜には着きましょう」

自信満々に男が答えてみせた。

「明日だと」

さすがに思いもしなかった。そんなに速いとは、と一郎太は仰天するしかない。横で藍蔵もびっくりしている。

「明日に着く便の代はいくらになる」

気を落ち着かせて一郎太はたずねた。相当、値が張るのは疑いようがない。

——小判が要るかもしれぬ。いや、まちがいなく要るだろう。

「その手の便は仕立《したて》と申しまして、その品物のためだけに飛脚を仕立てるものでございます。明日の夜に美濃へ着くように手配いたしましたら——」

言葉を切った男は、頭で代金を計算しているような顔になった。

「ちょうど六両になります」

厳かな声で男が告げた。覚悟はしていたものの、正直、恐ろしいほど高い。

だが、できるだけ早く、これまでにつかんだ事実を五十八に伝えておいたほうがよい。

「よし、その仕立とやらを使わせてもらおう」

一郎太は一瞬で決断した。それを聞いて、男のほうが驚いた。

金などあまり持ってなさそうな浪人が、まさか六両もかかる便を頼むとは微塵《みじん》も考えていなかったのだろう。

「よ、よろしいのでございますか」

一郎太をまじまじと見、言葉をつっかえさせつつ男が確かめてくる。

「うむ、よい」

「まことによろしいのでございますか」

横から藍蔵が一郎太にいってきた。

「藍蔵、考え直したほうがよいというのか」

一郎太にきかれて、はっ、と藍蔵が点頭《てんとう》してみせる。

「なにしろ六両という、とんでもない大金でござる」

「だが藍蔵。今は、金の多寡をいっている場合ではない」

「それは、もちろんよくわかっておるのでございますが……。しかし月野さまは、それだけのお金をお持ちでございますのか」

「ある」

力強くいって、一郎太は自らの懐を叩いた。

「ははあ、例の人助けのための蓄えですな」

「そうだ。もともと百両を貯《た》めるつもりでおったが、今日のところは致し方ない。この金を使わせてもらおう」

「さようにござったか……」

「とにかく藍蔵、今は四の五のいっているときではないのだ」

顔を動かし、一郎太は奉公人に目を据えた。

「もう一度きくが、今日頼めば、明日の夜には美濃の北山に着くのだな。今日、便は出るのだな」

「はい、まちがいなく出ます。最も速い仕立便のために、健脚の飛脚を常に控えさせてありますので……」

そういうものなのか、と一郎太は飛脚の仕組みに驚きを覚えた。

「では、美濃北山行きの仕立便を頼む」

一郎太は正式に注文した。

「承知いたしました」

うやうやしく男が頭を下げる。

「代金を払おう」

懐から巾着を取り出し、一郎太は小判を六枚、つかみ出した。

小判は両替商で細かい金に両替しないと、町中の買物では、ほぼ使えない。使いにくいゆえに貯めるのに適していると考え、一郎太は賭場で金を稼ぐたびに、駒札《こまふだ》を小判に替えてきた。

——それが、今日は役に立ってくれたな。

「確かめてくれ」

同じ向きにした六枚の小判を、一郎太は男に差し出した。一礼して小判を受け取った男が、真剣な顔で数える。

「確かに六両ございます。では手続きをいたしますので、こちらにお上がりくださいますか」

男にいわれて一郎太は沓脱石《くつぬぎいし》で雪駄を脱ぎ、店座敷に上がった。文机を借してもらい、その前に座して書類に宛先を書いた。自分の住処《すみか》がどこであるかも記す。

最後に店の者から受領の書類をもらい、再び土間に降りた。

「よし、済んだ。藍蔵、帰るとするか」

沓脱石の雪駄を履いて、一郎太は藍蔵に声をかけた。さすがに空腹が耐えがたいものになっていた。暮れ六つになれば、家に志乃がやってくる。

早く刻限にならぬものか、と一郎太は思った。だいぶ外は暗くなってきたが、まだ四半刻は優にあるのではないか。

そのとき一郎太の脳裏を、重太郎の顔がよぎった。

――ああ、きっと重太郎は食べ物すら喉を通らぬのであろう。かわいそうに……。

俺は重太郎になにもしてやれぬ。

自分の無力を強く感じ、ため息が出そうになった。

ありがとうございました、との声に送られ、一郎太は藍蔵とともに飛隼屋をあとにした。

四

どこにいれば、万太夫を見つけ出せるか。

——やはりここしかあるまい。

弥佑は心中で深くうなずいた。

——ほかには考えられぬ。

どう思案してみても、ここ四谷仲町の黒岩屋敷以外、万太夫を捜し出せそうな場所はなかった。

弥佑には、万太夫があらわれそうなところは、ほかに心当たりがない。

——百目鬼家の上屋敷もあるが……。

あそこは弥佑一人で見張るには、あまりに広い。広すぎる。

三万石という石高の大名家だけに、隣接している尾張徳川家の上屋敷とは比べものにはならないが、それでも広大といってよい。

市谷加賀町にある百目鬼家の上屋敷を見張るのでは、弥佑の目が届かず、おそらく万太夫の出入りを見逃してしまうだろう。

いま監物は、上屋敷にいるはずである。江戸家老として、執務に励んでいるはずだ。

刻限は、すでに夕刻の七つを回っている。太陽がだいぶ傾き、寒さが急速に増しつつあった。

眼下の道を行く者は背を丸め、誰もが足早に歩いている。この寒さから逃れ、誰もが一刻も早く家に帰り着きたいのだろう。

監物は上屋敷での仕事を終え、じきに眼下の屋敷に戻ってくるのではないか。

監物と万太夫は、強く深く結びついている。それはまちがいない。

ゆえに今日も、両者は必ずまた会うのではないか。

こうして黒岩屋敷を見張っていれば、再び万太夫が姿をあらわすはずなのだ。

いま弥佑は黒岩屋敷に忍び入り、母屋の屋根に腹這いになっている。

今回は小間物屋の花菜屋の屋根を使うわけには、いかなかった。

最初は黒岩屋敷の隣にある武家屋敷の庭に立つ欅《けやき》の大木に登り、そこに身を隠すつもりでいた。

だが、欅の大木にひそんでいるのでは、万太夫は見破るだろうと弥佑は思ったのだ。

もし万太夫が黒岩屋敷にやってきたら、中に入る前に、まず花菜屋の屋根に不審な者がいないか、調べるであろう。

あの屋根で腹這いになっていれば、万太夫に確実に見つかる。花菜屋の屋根に誰もいないとわかったら、次に万太夫はどこを捜すか。隣の武家屋敷の欅であろう。それゆえ、弥佑はあの大木に登らなかったのである。

——いや、逆に万太夫に見つかってみせるのもよいかもしれぬ……。

わざと見つかるように、万太夫を誘うのである。そうなれば、必ず万太夫と戦いに至るであろう。

——手としては悪くないかもしれぬ。

万太夫を誘った弥佑のほうが、先手を取れるはずだ。先手さえ取れれば、まちがいなく勝てる。

——万太夫を殺れるのではないか。あの欅に移ってみるか。

そんな衝動に駆られた。すぐに弥佑は拳を握り込んで、その衝動を抑え込んだ。同時に顔をしかめる。

——やはりやめておくほうが無難だ。

もし弥佑が欅の大木というわかりやすい場所にいるのを目の当たりにしたら、万太夫は妙に思うであろう。

万太夫に気配を気取られずに床下にひそみ、監物との密談を聞いていたほどの遣い手なら、あまりにわかりやすい場所から黒岩屋敷を見張るはずがないのだ。

そんなへまを犯すわけがない、と万太夫はきっと考えるであろう。すぐに誘われているとと気づくに決まっている。

となれば、先手を取るのは万太夫のほうとなる。そうなれば、弥佑は万太夫に後れを取るかもしれない。

そんな危険を冒す気はなかった。

——今は、万太夫があらわれるのを待つしかあるまい……。

黒岩屋敷の屋根に腹這って、弥佑は決意をかためた。

それから四半刻ほどたったとき、十人ほどの侍がこちらにやってくるのが見えた。駕籠《かご》が一行の真ん中を進んでいる。

——あれは監物の駕籠ではないか。

本当にそうなのか、弥佑は目を凝らした。うむ、と一人うなずいた。

——監物め、ようやく帰ってきたか。

黒岩屋敷はもともと商家の持ち物だっただけに、門はつくられていない。正しくいえば、つくることができない。

門は、名字帯刀が許された者だけがつくれるからだ。この屋敷のぐるりを囲む塀には、門の代わりに木戸が設けられている。

屋敷の前に監物の一行がやってきた。まず駕籠が木戸をくぐった。

そののち、ぞろぞろと供侍たちが木戸を入っていった。

一行の者すべてが、母屋におさまったようだ。屋根を通じて、人の気配が下から濃厚に伝わってきた。

――監物は帰ってきた。あとは万太夫を待つだけだ。

正直、万太夫がいつあらわれるか知れない。あらわれるとしたら、やはり深更なのではないか。弥佑としては、気長に構えるしかなかった。

腹這いではなく、弥佑はごろりと仰向けになりたかった。そのほうが、やはり体が楽だからだ。

だが、忍びが楽をするわけにはいかない。弥佑は寒風に吹かれつつ、じっと腹這いの姿勢を続けた。


夜の帳《とばり》が下りてきた。

日が暮れると同時に道行く者はほとんど絶え、先ほどから弥佑は人の姿をまったく目にしていない。

暮れ六つを過ぎれば、多くの町人は灯火の油代を惜しんで眠りに就く。人影が絶えるのも当然であろう。

時の経過とともにさらに寒さは厳しくなっているが、風はやみつつあるようだ。梢《こずえ》が騒がなくなってきていた。

弥佑自身、寒かろうと暑かろうと、なんら関係ない。寒暖などに左右されないように、体を徹底して鍛えてあるからだ。

それでも、同じ姿勢を続けているのが、きつくなってきた。今度こそ弥佑は身じろぎしようとした。

だが、すぐさま思いとどまった。

——誰か来る。

顔を上げてそちらを見やると、この屋敷のほうへまっすぐ向かってくる者の姿が見えた。まだ距離は一町近くある。

どうやら三度笠《さんどがさ》をかぶっているようだ。男であるのは疑いようがない。

あの三度笠の男が、黒岩屋敷を目指して歩いているのかどうかは、まだわからなかった。ただの通りすがりの者かもしれない。

——あの男がもし万太夫だとしたら、来るのがずいぶん早いようだが……。

刻限は、まだ五つになっていないのではないか。万太夫がやってくるなら深更だと、弥佑は決めつけていた。

もしあれが本当に万太夫なら、意表を突かれた気分だ。

——思い込みはならぬ。

弥佑は自らをきつく戒めた。命取りになりかねない。

こちらにやってくる男がどんな者なのか気にかかったが、弥佑はあまり見つめないようにした。

もし万太夫なら、確実に眼差しを感じ取るであろう。弥佑はここにいると気取られたくなかった。

黒岩屋敷に近づいてくるにつれ、男が町人の形をしているのがわかった。三度笠のために、顔ははっきりと見えない。足の運びは紛れもなく忍びのものだ。

——万太夫なのか。

目を当てずに弥佑は男の気配を嗅いでみたが、さっぱりわからない。男は気息を殺しながら歩いているようだ。

黒岩屋敷の前で、男が足を止めた。やはりこの屋敷が目当てだったか、と弥佑は思った。

目の下に男が立っている。体つきは万太夫に似ているように思えた。

三度笠を軽く持ち上げ、男が花菜屋のほうを振り返った。花菜屋の屋根に、じっと目を当てているようだ。

誰もいないと判断したかすぐに顔を回し、今度は隣家の庭に立つ欅の大木に強い眼差しを注いだ。

――あそこまで注意を払うとは、やはり万太夫なのではないか。

男がどんな気を放っているのか、弥佑は嗅ぎ取りたくてならない。気の大きさで誰なのか、わかるからだ。

だが男は相変わらず、その手の気をまったく漏らしていない。わずかな気配もなんら漏らさないとは、よほどの手練といってよい。

しばらく男は、木戸の前にたたずんでいた。意を決したように動くやいなや、ひらりと塀を越えた。

――身ごなしは万太夫に似ているが……。

しかし、なにか違和感があった。どこか重さがあるというのか。

――あれは万太夫ではない。

弥佑は確信を抱いた。万太夫が送った監物への使いなのかもしれない。きっとそうであろう、と弥佑は思った。少なくとも、羽摺りの者であるのは疑いようがなかった。

どうやら男は、床下から母屋に入っていったようだ。

俺も母屋に忍んでみるか、と弥佑は迷った。すぐにかぶりを振った。

――どこにいるかわからぬ俺を、誘い出すための策かもしれぬ。

弥佑はそんな気がしてならなかった。母屋に入るのはひとまずやめておこう、と自らを制した。

今の男が監物となんらかの話をするのはまちがいなかったが、さほどの重大事でもないのではないか。

まさか、桜香院の毒殺を成功させたという知らせではあるまい。

それならば、あの男ではなく、百目鬼家の家臣が必死の形相で監物に注進にあらわれるだろう。

万太夫の話では夜に毒を盛り、朝には眠るように死んでいるとのことだった。この刻限では、毒を盛ったにしろ、まだ桜香院は死んでいないだろう。

それに、一郎太が桜香院に毒殺の企てを伝えたはずだ。桜香院は細心の注意を払って食事をするだろう。

いくら万太夫が巧みに仕掛けようとしても、毒殺などされるはずがないのではないか。

――今は、先ほどの男が出てくるのを待てばよい。それしかあるまい。

すでに弥佑の頭の中には策が浮かんでいた。

――果たして使えるかどうか、わからぬが。男に覚られたら、最初の策は使えぬ……。

ほんの四半刻ばかりののち、先ほどの男が母屋から出てきたのが知れた。戸が開く音が聞こえてきたのだ。

　どうやら監物が戸口に立ち、男を見送っているようだ。監物の声が、弥佑の耳に届いてきたのである。

　すぐに男の姿が弥佑の視界に入った。男は木戸を使わず、またしても塀をひらりと越えて音もなく着地した。

　そのまま、元来た道を歩きはじめる。

　――よし、追うか。

　だが、弥佑はすぐには動かなかった。男と十分に距離を取るのに専念する。

　男の影が、一町は優に遠ざかったのを弥佑は見た。付近に、こちらをうかがっている者がいないのを確かめてから、母屋の屋根を飛び下りた。

　地面に着地する。これだけの高さから下りてもどこにも痛みはない。これも鍛錬の賜《たまもの》であろう。

　すぐに動き出し、弥佑は塀を跳び越えた。男を追って道を急ぐ。

　今、男の後ろ姿は黒い点に過ぎないが、弥佑にははっきりと見えている。男はひたすら南へと向かっていた。

　足を男の速さに合わせ、弥佑は慎重につけはじめた。道にはほとんど人影はなく、風もほぼやんで静かなものだ。ときおり、犬の遠吠《とおぼ》えが耳に届くだけである。

——さて、どこに行くつもりなのか。

舌なめずりするような思いで、弥佑は男の後ろ姿に目を当てた。むろん、強く見過ぎないように気を配る。

しばらくは何事もなかった。男も弥佑の尾行に気づく様子はなかった。

だが弥佑がつけはじめて五町ほど行ったとき、不意に男が三度笠を持ち上げ、後ろを気にする素振りをみせた。

まずい、と弥佑は思ったが、そのままでいた。下手に、近くの路地に身を隠すような真似もしなかった。

——気づかれたか……。

歩きつつ、弥佑は男の様子をうかがった。

——気づかれたな……。

ちっ、と舌打ちが出そうになった。なにげなさを装っているものの、男が弥佑に気づいたのは明白だ。

先ほどまでの歩きと、どこか異なるものがあった。足の運びがかすかに乱れていたのだ。それを弥佑は見逃さなかった。

あの男に万太夫のもとに連れていってもらうつもりだったが、もはやあきらめざるを得ないようだ。

——ならば、次の手だ。

これまで男と距離を取っていた弥佑は、一転、一気に走り出した。男の後ろ姿があっという間に大きくなってくる。

男まであと五間ほどというところで、弥佑は腰の刀を抜いた。さらに足を速めて、男を間合に入れる。手傷を負わせるつもりで、男に斬りかかった。

刃が右肩に届こうとした瞬間、男が身をかがめるようにして、さっと斬撃をよけた。弥佑の刀が三度笠を二つにする。

——なにっ。

三度笠を投げ捨てた男が振り向きざま、苦無《くない》を放ってきた。弥佑が襲いかかってくるのを予期し、あらかじめ苦無を握っていたようだ。苦無は弥佑の胸をめがけて飛んできた。

——またしても苦無か。

余裕を持って弥佑は苦無を宙でつかんだ。ばしっ、という音が手のうちで鳴る。すぐさま握り替えるや、男に向かって苦無をさっと投げつけた。

次の瞬間、どん、と鈍い音がし、苦無が男の右肩に突き立った。うめき声は上げなかったものの、力を失ったらしい男がその場にうずくまりかけた。かろうじて体勢を立て直し、走り出そうとする。

すかさず弥佑は男に駆け寄り、刀を上段から振るっていった。手加減はしたものの、斬撃は男の左肩をしっかりと捉えた。

がつ、と骨が折れる音がし、男がもんどり打って地面に倒れ込んだ。左肩の傷口から血が流れはじめ、男の着物を赤黒く染めていく。

苦しげに面を上げ、体を地面に横たえたまま男が弥佑を見つめる。瞳は憎しみの色で満ちていた。

弥佑は男の顔をじっと見下ろした。万太夫の顔はほとんど覚えがないが、やはり似ても似つかないような気がする。

——やはりちがったか。もっとも、万太夫をこんなにたやすく倒せるはずもない。

かがみ込み、弥佑は男を仰向けにした。その上で、男のみぞおちに拳を入れた。どす、と音が立ち、男が一瞬で気を失った。

——これでよし。

男の帯を使い、弥佑は左肩の傷の止血をした。こうしておけば、血を流しすぎて死ぬようなことにはなるまい。

右肩に突き立っている苦無は抜かず、そのままにしておいた。下手に抜くより、このほうが血が流れずに済む。

弥佑は男の着物を探り、なにか得物を持っていないか、調べてみた。

苦無が四本、出てきた。

――こやつらは苦無しか使わぬのか。

苦笑しつつ、弥佑は四本まとめて溝《どぶ》に投げ捨てた。あたりに誰もいないのを確かめて、男の体を肩にのせる。

――よし、行くか。

近くに破れ寺があるのを、弥佑は知っている。ほとんど人けがない寺である。この男を連れていくには恰好の場所といってよい。

これが偶然とは弥佑には思えない。

――きっと和尚の導きにちがいない。

男を担いで二町ほど行ったところに、嶺瞑寺《れいめいじ》はあった。十段ほどの階段を上り、山門を見上げた。

山門は朽ちかけていた。屋根もほとんどの瓦がずり落ち、何本もの草が生えていた。

境内に足を踏み入れる。懐かしさに胸が浸された。

右手に鐘楼が建ち、正面に本堂があった。今にも崩れ落ちそうな鐘楼に鐘はなかった。

本堂は屋根が傾き、全体が潰れかけていた。庫裏だけが、かろうじて昔の面影を残すようにそこにあった。

男を担ぎ直し、弥佑は庫裏に向かった。開いたままの戸口を入って奥に進む。

庫裏の畳はすべて剝がされ、板敷きの間の板は腐りかけたものもあったが、まだほとんどが丈夫だった。

板の間に弥佑は男を横たえた。左肩の血が止まっているのを見て、男から帯を取った。その帯で、今度は男の腕にがっちりと縛《いまし》めをする。

これでよかろう、と弥佑は思い、再び横たえた男の頰をぴしゃぴしゃと叩いた。

「起きろ」

何度か頰を叩いているうちに、男が目を開けた。弥佑に気づき、あわてて起き上がろうとする。

弥佑は、男の右肩に突き立ったままの苦無をこじ入れるようにした。男がうめき声を上げそうになった。それで起き上がるのをあきらめたようだ。腕に縛めをされていることにも気づいたらしい。

「おぬしに教えてもらいたいのだが――」

男をじっと見て弥佑は口を開いた。

「万太夫の居場所だ」

弥佑を憎々しげに見ただけで、男に口を利く様子は見えなかった。

――仕方あるまい。やりたくはないが……。

苦無をつかみ、弥佑はさらに深くねじ込むようにした。男がうめきそうになるが、必死に耐えているのが知れた。

「万太夫はどこだ」

しかし男は答えない。

「さて、どこまで耐えられるかな」

弥佑はさらに苦無を握る手に力を込めた。

何度か繰り返したが、男に口を割る様子は一切なかった。

――この男も忍びの端くれだ。さすがに白状はせぬか。では、次の手だ。

「ちょっと待っておれ。俺は厠《かわや》に行ってくる。帰ってきたら、また苦無で遊んでやる」

弥佑はその場に男を放置し、庫裏を抜け出した。男からわざと目を離し、勝手に逃げ出させるのだ。

そうすれば、きっと男は万太夫のもとに連れていってくれるのではないか。

その策を男に見破られないように、帯はかたく縛めてある。だが、忍びならいずれほどいてみせるだろう。

手の帯をほどかずとも、足に縛めをしてあるわけではない。逃げようと思えば逃げられるはずだ。

弥佑は境内に出て、夜空を見上げた。冬の空は気持ちよいほど澄んでおり、その上、星が一杯である。

この寺は弥佑が子供の頃、遊び場だった。

住職は優しい人柄だった。だから弥佑たちはとてもなついた。

和尚がよくつくってくれたみたらし団子は、抜群にうまかった。比べものになるみたらし団子など、江戸に存在しなかった。

また食べたくてならないが、それは決して叶《かな》えられる夢ではない。あのみたらし団子は和尚しかつくれないのだ。

和尚はすでに鬼籍に入っている。和尚が死んで、この寺は跡を継ぐ者がおらず、廃寺になったのである。

また会いたいな、と弥佑は思った。

——あの世に行けば、和尚に会えるのだろうか。

いつか自分も死ぬだろう。しかも、それはさほど遠くないような気がする。

——和尚が待っているなら、死も怖くはない……。

今はとにかく、と弥佑は考えた。万太夫の居どころをつかみ、一郎太に知らせることが第一だ。

それ以外に力を注ぐべき事柄はない。

ふう、と弥佑は軽く息をついた。

まだ逃げぬか、と少し苛立《いらだ》った。縛めがほどけないようだ。

――あまり腕がよくないのだな。

首を横に振ったとき、弥佑は山門のところに一つの人影が立っているのを見た。いつからあそこにいたのか。

――あれは誰だ……。

商人の形をしている。

――まさか。

背筋に寒けが走り、弥佑は体がかたまるのを感じた。

――あれは、万太夫ではないか。

弥佑は目を凝らした。まちがいなく万太夫である。

――なにゆえ万太夫がここにいるのだ。

考えるまでもなかった。俺はつけられたのだな、と弥佑は覚った。

――つまり罠《わな》にはまったのは俺のほうか。

やられた、と思い、弥佑は唇を噛んだ。

――いや、まだやられてはおらぬ。

万太夫と刃《やいば》を交えるのは、弥佑の心からの望みだったのだ。それがいま叶ったのである。

——やつのほうから、のこのこと出てきてくれたのだ。こんなにありがたいことは、ないではないか。

やるぞ、と全身に闘志をみなぎらせ、刀の柄《つか》に手を置いた弥佑は、万太夫に向かってずんずんと歩いていった。

五

本当に黒岩家の家士《かし》となった気分で万太夫は歩いた。

自らの気を放たないように気を使っている。家士の一人になりきれば、どんな者にも忍びと気づかれる恐れはなかった。

すでにだいぶ黒岩屋敷に近づいている。

——ふむ、花菜屋とかいう小間物屋の屋根には誰もおらぬな。

あれほどの遣い手が、また同じ場所から黒岩屋敷を見張るとはさすがに思えなかった。

——黒岩屋敷を見張るならどこか。

あそこか、と万太夫は隣家の欅の大木を見やった。

だが、そこにも人がひそんでいる気配はなかった。

——やつはどこだ。この屋敷をやつが見張っておらぬというのは、あり得るのか。あり得るのかもしれぬ、と万太夫は思った。

——こちらが捜しているのを知って、身を隠したのかもしれぬ。

万太夫はあの男を殺したくてならない。殺された七人の無念を晴らさなければならない。そうでなければ、七人は浮かばれない。

——いや、あの男も一郎太に命じられ、わしの居場所を探っているはずだ。居場所を知るのには、黒岩屋敷を見張る以外、手がないのではないか。そうだ。やつは必ず近くにいる。今もわしらを見ているはずだ。

ほかにどこか隠れられそうな場所はないか、と万太夫は探った。

わからぬ、と万太夫は思った。忍びの技を心得ている者なら、どこでも忍び込めるからだ。それこそ花菜屋の屋根裏に体をひそめ、わずかな隙間からこちらをうかがっているかもしれない。

——必ずこの屋敷をやつは見張っておる。それだけは確かだ。

今は七つ過ぎという頃おいであろう。他の黒岩家の家士たちと一緒に、万太夫は木戸をくぐった。

母屋に近づいていくと、ちょうど監物が駕籠から下りたところだった。

監物が戸口を抜けて、式台《しきだい》に上がる。廊下に出て左に進んでいった。

あとは追わず、万太夫は濯《すす》ぎのたらいをもらい、足を洗った。足の汚れを取ると、実に気持ちがよい。

これは、足には多くのつぼが集まっているからだと聞いた覚えがある。つぼから汚れを取り去るから、実に気持ちよく感じるらしいのである。

黒岩家の家士から手ぬぐいももらい、それで足を拭いた。その上で式台に上がり、万太夫は廊下を歩き出した。

監物の部屋の前で、足を止める。

「入るぞ」

中に声をかけ、万太夫は腰高障子をからりと開けた。家士に手伝わせ、監物は着替えをしている最中だった。

帯を締め終えるや、監物が文机の前に座した。万太夫は向かいにあぐらをかいた。

一礼して、家士が出ていく。腰高障子が静かに閉まった。

監物を見つめ、万太夫は口を開いた。

「上屋敷ではききそびれたが、おぬしの孫の重太郎が重篤の病だというのは、まことか」

「まことだ」

苦い顔で監物が答える。

「心配そうだな」

「当たり前だ。大事な孫だからな」

「ではおぬし、国元に帰るのだな」

「帰る」

万太夫を見返して監物が断じた。

「なんとしても、帰らねばならぬ」

「いつ帰る」

「すぐにはさすがに無理だ。所用を片づけてからだ。早くて明後日というところか」

「おぬしが帰ったからといって、孫の病がよくなるとは思えぬが……」

「それはわしもわかっておる」

苛立たしげに監物が答えた。

「だが、どうしても帰らねばならぬ。それが人の情というものだ」

「おぬしにも情があったか。わしにはとうにないが……」

「万太夫は忍びだからな。端から持ち合わせてはおらぬだろう」

「だが、わしは配下たちには情け深いぞ」

「そうか。ほかの者には酷薄か」

「当然だ」

おぬしを含めてな、と万太夫は心で監物に語りかけた。

「そういえば――」

不意に、監物がなにか思い出したらしい顔をした。

「先ほど上屋敷に一郎太が来た」

「なにっ」

思いもかけない言葉で、万太夫はさすがに驚かざるを得なかった。

まことか、とききそうになってとどまった。本当に決まっているからだ。こんなことで、監物が嘘をつく必要はない。

なにゆえ一郎太は監物に会いに来たのか、と万太夫は考えた。

「おぬしに、桜香院の毒殺をやめるようにいってきたのか」

「その通りだが……」

「なにかちがうようだな」

ああ、と監物がいった。

「一郎太によれば、諏久宇の一件が片づいたそうだ」

「ほう、そうなのか。どう決着がついたというのだ」

「ありがたい決着よ。諏久宇が公儀に取り上げられることはないそうだ」

「それはよかったではないか」

「ああ、よかった。まさか一郎太がそのような働きをしてくれるとは、わしはまったく考えなんだ」

「諏久宇の返上が取りやめになったのを、一郎太はおぬしに伝えに来たのか。なるほど、そのために桜香院を殺さぬよう、おぬしに頼みに来たのだな。諏久宇の一件が片づいた以上、もはや桜香院を殺すいわれがないからな」

　少しだけ万太夫は身を乗り出した。

「それで監物どの、どうする。桜香院を殺すのはやめるのか」

「いや、やめぬ」

　監物がきっぱりと首を横に振ってみせた。

「殺してくれ」

「わかった。だが、なにゆえ桜香院を殺さねばならぬのだ。わけを聞かせてくれぬか」

　うむ、と監物が顎を引いた。

「桜香院はわしが殺そうとしたのを、おそらく一郎太から知ったのであろう。一郎太の言葉を今は信じておろう」

「そうかもしれぬな」

万太夫は相槌《あいづち》を打った。

「わしがいくら言い訳をしようと、桜香院はわしの言をもはや信じまい。つまり、桜香院はわしの敵になったのだ。敵になった者を生かしておくほど、わしは甘くない。そのうちわしに向かって牙をむいてくるのが、はっきりしておるからな」

「なるほど、そういうことか」

監物を見つめて万太夫はうなずいた。

「やるなら、とことんやるほうがよい。そのほうが後腐れがない」

万太夫を見る監物の目に喜色が浮いた。

「万太夫も賛成してくれるか」

「ああ」

「それは力強い」

「おぬしが桜香院を殺したいのなら、わしは必ず殺ってやる。桜香院も北山に帰るのか」

「そのはずだ。明日、早立ちすると聞いた」

「早立ちか。ならば、七つには上屋敷を出立するのだな」

「まだ暗いうちに上屋敷を出るのは、まちがいなかろう」

「では、北山に赴くその途上で命をいただくとするか」

「頼む。万太夫、毒殺するのか」

「桜香院が旅籠《はたご》に泊まるときに、毒殺する機はいくらでもあろう。だが、今はまだ殺り方は決めておらぬ。別に自然な死に見せかける要も、もはやないのであろう」

「そうだ。ただ息の根を止めてくれればよい」

「それなら、毒殺をするまでもないな。ところで監物どの、つかぬことをきくが」

姿勢を正し、万太夫は語りかけた。

「なにかな」

ぎろりとした目を監物が向けてきた。どこか警戒している。

「おぬし、三軒の寒天の問屋からせしめた裏金はどこに貯めておるのだ」

なんだと怒鳴りつけんばかりに、監物が顔色を変えた。腰がわずかに浮いた。気づいたように座り直す。

「万太夫っ、なにゆえそのようなことをきくのだ」

きつい口調で監物が問うてきた。

「なに、裏金の行方が気にかかったからだ」

「まさかきさま、わしの金を自分のものにしようという気ではあるまいな」

ふふ、と万太夫は薄く笑った。その万太夫を監物が気味悪そうに見ている。

「今ならおぬしは一万両は持っておろうが、この屋敷にその金は置いてなかろう。一万両もの金は馬にでものせて、どこかに運んだのか。千両箱で十箱だ。馬たちはさぞ重かったのではないか」

「そのようなことを、おぬしになにゆえ答えなければならぬ」

「なに、答えずともよいのだ。桜香院を殺したら、褒美の金がほしいと思ったに過ぎぬ。どうだ、金をもらえるか」

「いくらほしい」

「多ければ多いほどいい」

「いくらほしいか、はっきりいえ」

監物から目を外し、万太夫は軽く首を振った。いや、といった。

「今はやめておこう。そのうち額はいう」

「そ、そうか……」

万太夫を見る監物の目が、早くどこかに行ってくれ、と告げている。

「では、わしはこれでお暇《いとま》する」

「万太夫、どこに行くのだ」

ほっとしたように、監物がきいてきた。

「隠れ家だ」

「その隠れ家はどこにあるのだ」

ふふ、と万太夫は笑ってみせた。

「隠れ家の場所を教えてしまったら、そこはすでに隠れ家ではない」

「教えてくれぬのか。水くさいな」

「おぬしも金をどこに隠してあるのか、いわぬではないか」

うっ、と監物が詰まった。

「ではな」

監物にいって万太夫は立ち上がった。だが、すぐにとどまった。

そこに配下の者が来たのがわかったからだ。

「どうした」

不思議そうに監物がきいてきた。

「配下が来た」

「なに」

部屋を横切り、万太夫は腰高障子をからりと開けた。そこに配下の彦五郎がやってきた。三度笠を持ち、町人の形をしている。

「今からやつをおびき出します」

万太夫をじっと見て、彦五郎がいった。

「うまくやれ」

「承知いたしました」

「彦五郎、すぐには出ていくな。四半刻ばかり、時を潰せ。そのほうが策だと怪しまれまい……」

「はっ」

彦五郎が戸口のほうに向かう。

「監物どの、今の男が出ていくとき、戸口で見送ってくれ」

「ああ、わかった」

万太夫を見上げて監物がうなずいた。


四半刻後、万太夫に断って、彦五郎が母屋の外に出た。監物が見送りに立ち、彦五郎に親しげに声をかける。

ひらりと塀を跳び越え、彦五郎が通りに着地する。足早に歩きはじめたのが、気配から知れた。

万太夫は気息をととのえ、あたりの気配を探った。

なにも動きは感じられない。おかしいな、と万太夫は思った。

――やはりあやつは、この屋敷を見張っておらなんだのか。

なにゆえなのか、と万太夫としては首をひねらざるを得ない。

——なぜ、あの男はこの屋敷を見張っておらぬ。

そのとき万太夫は、はっとした。頭上でかすかな気配を嗅いだのだ。

——この家の屋根にいたのか。

それは思いつかなかった。自らの迂闊《うかつ》さを呪いかけたが、なかなかやるものだ、と万太夫は感心もした。

——それだけの手練なら、配下にほしいくらいだ……。

いったい、どれほどの働きをしてくれるものなのか。

目を閉じ、気を静めて万太夫は頭上の気配を探った。まちがいない、やつだ。

——まことに我らの罠にかかったか。

わずかな気配が通りのほうに出た。やつは彦五郎のあとをつけていったようだ。おそらく、彦五郎が万太夫のもとに連れていってくれると思っているはずだ。

——そうは問屋が卸さぬ。

やつが家の屋根から飛び下りていってから、万太夫はかなりの間を置いた。もうよかろう、と判断し、そっと戸口を出た。十分に距離を取って、男のあとをつけていく。

——他の者なら知らず、わしならやつに決して気取られぬ。

木戸をくぐり、万太夫は通りに出た。南を見たが、男の姿は見えない。

――よし、これだけ離れれば、覚られまい。

男が発するわずかな気配をたどりつつ、万太夫は歩きはじめた。徐々に足を速めていき、男の背中がかすかに見えるところまで距離を縮めた。

途中、彦五郎がやつに気づいた振りをし、背後から襲われた。彦五郎に万太夫は、殺れるなら殺ってもよいぞ、といっておいたが、あの男とは残念ながら腕がちがいすぎた。男はあっさりと彦五郎を打ち破って怪我《けが》を負わせ、背に担ぎ上げた。

そのときかなり隙があったように見えた。襲いかかるならそのときだったが、万太夫は見逃した。

――まだ機会はいくらでもあろう。

いったいどこに彦五郎を連れていく気かと思ったら、近くの破れ寺だった。むろん万太夫の知らない寺で、壊れかけた扁額《へんがく》には嶺瞑寺とあった。

ここで彦五郎を責め、万太夫の居場所を吐かそうというのだろう。

甘いな、と万太夫は思った。どんな責めをされようと、彦五郎が吐くわけがない。

万太夫は十段ほどの階段を上がり、ほとんど朽ちている山門をくぐって境内を眺めた。

本堂に鐘楼、庫裏があった。朽ちていないのは庫裏だけである。

――あそこに連れ込んだか。

それがわかれば十分だ。万太夫は山門を抜け、階段を下りた。

寺の下でたたずみ、時を潰した。

――そろそろよいか……。

どんなに責めてもなにも吐かない彦五郎に業を煮やし、あの男はわざと逃がす気になったのではあるまいか。

――であるなら、庫裏の外にやつは出てきておるはずよ。

再び十段ほどの階段を、万太夫は上っていった。山門をくぐり、境内を見やった。

案の定、庫裏のそばに男がいた。

――やはり……。

万太夫はほくそ笑んだ。やつはこちらの思う通りに動いている。

――つまり先手を取っているのはわしだ。

ふふ、と自然に笑いがこぼれ出た。

――この寺がやつの墓場になるのだ。

じっと見ていると、やつが万太夫に気づいた。驚いたらしく、息をのんだのが知れた。

だが気を取り直したらしく、やつがずんずんと大股で近づいてきた。

刀にすでに手を置いており、殺気がびりびりと伝わってくる。

——はめられた怒りもずいぶん強いようだ。

だが、と万太夫は思った。

——どんなに怒りが強かろうと、きさまはわしには勝てぬ。どのようなことがあろうと、きさまに勝ち目はない。

万太夫は心で男に語りかけた。

六

万太夫を間合に入れたところで、弥佑は歩みを止めた。

軽く息を入れ、万太夫を褒める。

「さすがに羽摺りの頭だ。まんまとしてやられた」

弥佑は本音を語った。当たり前だ、と万太夫がいい放つ。

「腹の探り合いで、忍びに勝てる者がこの世におるはずがない」

「俺も忍びの一人だが……」

「よくは知らぬが、きさまはむしろ剣術家であろう。忍びの術も身につけているというに過ぎぬ」

「だが、忍びとしてもきさまより強いぞ」

「どうかな。それは勘ちがいに過ぎぬ」

「勘ちがいではない」

「では、勘ちがいであるのを、いま教えてやろう」

　万太夫がにやりと笑った。

「その前に名を聞いておこう」

「俺は興梠弥佑という」

「こうろぎか、それはまたおもしろい名だ」

　快活に笑った万太夫の体がいきなり山のように膨れ上がった。なんだ、と弥佑は目をみはった。

　——いや、圧されてはならぬ。

　すぐさま判断し、弥佑は刀を抜いた。怯《ひる》むことなく万太夫に斬りかかった。

　だが、山のように立ちはだかる万太夫に刀が弾《はじ》かれた。万太夫は鎧《よろい》など着けているとは思えないのに、これはどうしたことか。

　さらに万太夫の体が大きくなり、まるで雪崩《なだれ》と化したように弥佑をめがけ、どどどと音を立てて崩れ落ちてきた。

　——なんだ、これは。

　きっと幻術にちがいない。雪を払うために、弥佑は刀を振った。

だが、それは効き目がなく、あっという間に体が冷たさに包み込まれた。身動きも自由にならない。

――俺は、まことに雪崩に巻き込まれたのではないか。

そんな錯覚を覚えさせるほど、雪の海に沈んだような感覚にとらわれた。

――このままでは死んでしまう。

体がどんどんと冷えていく。体から熱が奪われていく。寒くてならない。うまい味《み》噌汁《そしる》がここにあったら、どんなに幸せだろう。そんなことすら思った。

味噌汁のことを考えたら、不意に眠けが襲ってきた。

そういえば、と弥佑は思いだした。雪山で行き倒れになる者は眠気に抗しきれず、凍死してしまうと聞く。

――これもそうなのか。

そうにちがいない。

――俺を凍え死にさせようというのか。

いつの間にか目をつぶっていた。弥佑は、かっと目を開けた。

目の前に万太夫がいた。にやにやと笑っている。

弥佑は怒りが湧いた。刀を上段に振り上げ、万太夫に躍りかかろうとした。

だが、体がうまく動かなかった。体を凍えさせられたからだ。

——まずい。

にやりと笑って万太夫が、すすすと摺《す》り足で寄ってきた。手には刀を握っている。

抜き身が鈍く光り、弥佑の目を打った。

やられる、と思い、弥佑は後ろに下がろうとした。だが、足がもつれた。

それを逃さず、万太夫が刀を胴に振ってきた。その斬撃を、弥佑はなんとか刀を動かし、弾き返した。がきん、と強烈な音が立ち、火花が散った。

万太夫の刀はひどく重く、弥佑は完全に体勢を崩した。膝が割れ、左手を地面につきそうになった。相変わらず、体がうまく動いてくれない。

——万太夫、恐るべし。

そんなことを弥佑は思った。なんとか姿勢を正し、刀を正眼に構えた。

——俺は死ぬのか。

ここで死ねば、和尚にすぐに会えそうな気がする。

——術の腕がちがいすぎる。

まさに子供扱いではないか。

——いや、死んでたまるか。まだまだ俺は戦える。

弥佑は闘志を取り戻した。だが、体が自由に動かないのでは、勝負にならない。

——早く体が温まってくれ。

万太夫を見つめつつ、弥佑は祈った。

その弥佑の様子を、万太夫は冷ややかに見やっていた。

——この興梠弥佑という手練に対しても、秘技雪崩はこれだけの威力があるのだ。一郎太の誇る秘剣など、なんということもあるまい。滝止、敗れたりといってよかろうな。

万太夫は満足だった。

——滝に打たれ、苦労して編み出した甲斐《かい》があったというものよ。

ふう、と万太夫は軽く息を吐いた。

——そろそろとどめを刺すか。これを使わせてもらおう。

懐に手を入れ、万太夫はそこに忍ばせてあった短筒を取り出した。

それを見た弥佑の顔色が変わった。

「きさま、これがなにかわかるのか」

「わかる。短筒だ」

「そうだ。飛び道具を使って卑怯《ひきょう》などというな。戦国の昔は鉄砲こそが主な武器だったのだからな。太平の世に使って悪いということはあるまい」

短筒を構え、万太夫は狙いを定めた。力を振りしぼったか、弥佑がよろよろと体勢を立て直した。
――わざわざ狙いやすくしてくれるとは。
そっと引き金を引くと、次の瞬間、轟音《ごうおん》が発せられた。火が銃口から噴き出す。
同時に玉が銃口から出た。さすがに玉は速く、万太夫の目でも捉えられなかった。
玉をまともに右胸に受けて、うぐっ、と声を上げて弥佑が倒れ込む。
――よし、仕留めた。
短筒を懐にしまう。短筒の温かみが伝わってくる。
――楽にしてくれる。
弥佑に、万太夫はとどめを刺そうとした。ゆっくりと弥佑に近づいていった。
「死ね」
刀を逆手に持ち、弥佑の体に突き通そうとした。
だが、刀は地面を突き刺した。
――なにっ。
弥佑がそこにいなかった。どこだ、と万太夫は目で捜した。
境内を弥佑は走りはじめていた。
――なんと。あやつはまだ力を残していたのか。
信じられない。刀をよけて跳ね上がり、走り出したのだ。

うだ。

口中でつぶやき、万太夫は追った。どうやら弥佑は墓地に逃げ込もうとしているよ

「逃がさぬ」


——逃がさぬ。

短筒にはもう一発、玉が入っている。

逃げる弥佑とは五間ほどしか離れていない。短筒を外す距離ではない。

足を止め、懐から短筒を取り出し、万太夫は構えた。

弥佑の姿ははっきりと見えている。

引き金を引いた。どん、と音がし、また銃口が火を噴いた。

だが、弥佑に玉は当たらなかった。

——なにっ。

玉が当たる瞬間、弥佑がわずかに体をひねってみせたのだ。

——くそう。

万太夫は追ったが、闇に紛れられた。

だが、血が点々と地面についている。くそう、と再び毒づきながらも万太夫は血の跡を追っていった。

だが、途中で足を止めざるを得なかった。血の跡が途切れたのだ。

血のにおいは一切していない。

——どこに隠れおった。

歯噛みして、万太夫は顔をしかめた。

——まあ、よい。

すぐに万太夫は気を取り直した。あれだけの傷を与えたのだ。いずれやつはくたばろう。やつは血を流しすぎている。

仮に助かったとしても、と思い、万太夫はほくそ笑んだ。

——やつはもはや一郎太の役に立たぬ。

あの男を一郎太の戦力から削《そ》いだ。それだけで、十分に大きい。

——あとは藍蔵だ。

藍蔵と弥佑は一郎太にとって竜虎《りゅうこ》である。

藍蔵もこの世から除いてしまえば、一郎太はただ一人になる。

残るは、体から発せられたあの強烈な熱だ。

——だがあれも、きっとなんとかなろう。やつにあのような真似ができるのなら、わしも体得できるはずだ。

とにかく、と万太夫は思った。

——一郎太の右腕はもいだ。

これで一郎太を殺りやすくなったのは、紛れもない事実である。
夜空に向け、万太夫は哄笑《こうしょう》したかった。

小学館文庫
好評既刊

突きの鬼一

鈴木英治

ISBN978-4-09-406544-2

美濃北山三万石の主百目鬼一郎太の楽しみは月に一度の賭場通いだ。秘密の抜け穴を通り、城下外れの賭場に現れた一郎太が、あろうことか、命を狙われた。頭格は大垣半象、二天一流の遣い手で、国家老・黒岩監物の配下だ。突きの鬼一と異名をとる一郎太は二十人以上を斬り捨てて虎口を脱する。だが、襲撃者の中に城代家老・伊吹勘助の倅で、一郎太が打ち出した年貢半減令に賛同していた進兵衛がいた。俺の策は家臣を苦しめていたのか。忸怩たる思いの一郎太は藩主の座を降りることを即刻決意、実母桜香院が偏愛する弟・重二郎に後事を託して単身、江戸に向かう。

突きの鬼一 夕立

鈴木英治

ISBN978-4-09-406545-9

母桜香院が寵愛する弟重二郎に藩主代理を承諾させた百目鬼一郎太は、竹馬の友で忠義の士・神酒藍蔵とともに、江戸の青物市場・駒込土物店を差配する槐屋徳兵衛方に身を落ち着ける。暮らしの費えを稼ごうと本郷の賭場で遊んだ一郎太は、九歳のみぎり、北山藩江戸下屋敷長屋門の中間部屋で博打の手ほどきをしてくれた駿蔵と思いもかけず再会し、命を助けることに。

そんな折、国元の様子を探るため、父の江戸家老・神酒五十八と面談した藍蔵は桜香院の江戸上府を知らされる。桜香院は国家老・黒岩監物に一郎太抹殺を命じた張本人だった。白熱のシリーズ第2弾。

突きの鬼一 赤蜻《あかとんぼ》

鈴木英治

ISBN978-4-09-406631-9

弟・重二郎に藩政をまかせ、江戸に出奔した博打好きの殿さま・百目鬼一郎太《どうめきいちろうた》は、ひとまず、駒込土物《こまごめつちもの》店《だな》を差配する槐《さいかち》屋徳兵衛《やとくべえ》の世話で根津に身を落ち着ける。重二郎可愛さに、嫡男・一郎太の命を狙う実母桜香院《おうこういん》とその腹心の国家老・黒岩監物《くろいわけんもつ》。江戸家老・神酒五十八《みきいそや》によれば、黒岩家の用人が密かに羽摺り（忍び）の隠れ里に向かったという。一方、一郎太と暮らす五十八の嫡男・藍蔵《らんぞう》の心配をよそに、江戸の賭場八十八か所巡りを企てる一郎太。監物の放った羽摺り四天王との息詰まる死闘。いま明らかになる、突きの鬼一こと一郎太の秘剣・滝止《たきどめ》の由来！　大好評シリーズ第3弾。

小学館文庫
好評既刊

突きの鬼一
岩燕《いわつばめ》

鈴木英治

ISBN978-4-09-406645-6

突きの鬼一こと百目《どうめ》鬼《き》一郎太《いちろうた》と供侍・神《み》酒《き》藍蔵《らんぞう》の江戸暮らしは風雲急を告げていた。実母桜香院《おうこういん》とその腹心の国家老・黒岩監物《くろいわけんもつ》が放った羽摺り四天王の生き残りが虎視眈々と一郎太の命を狙っている。そんな最中、草創《くさわけ》名《な》主《ぬし》・槐《さいかち》屋《や》徳兵衛《とくべえ》の一人娘・志乃《しの》の幼馴染みで、女郎屋から逃げ出してきたお竹《たけ》が助けを求めてくる。さらに旗本屋敷の賭場帰り、一郎太の乗った船に武家娘が悲鳴を上げて飛び込んできた。じりじりと包囲網を狭めてくる羽摺りの者との激闘！　秘剣滝止《たきどめ》が快刀乱麻を断つと思われたのだが……。大好評！　突きの鬼一2ケ月連続刊行、シリーズ第4弾。

―――本書のプロフィール―――

本書は、小学館文庫のために書き下ろされた作品です。

小学館文庫

突《つ》きの鬼一《おにいち》 雪崩《なだれ》

著者 鈴木英治《すずきえいじ》

二〇一九年十二月十一日 初版第一刷発行

発行人 飯田昌宏

発行所 株式会社 小学館

〒一〇一-八〇〇一
東京都千代田区一ツ橋二-三-一
電話 編集〇三-三二三〇-五九五九
販売〇三-五二八一-三五五五

印刷所 ――― 中央精版印刷株式会社

ISBN978-4-09-406696-8